遺恨あり

あっぱれ毬谷慎十郎 六

坂岡 真

時代小説文庫

角川春樹事務所

目次

主な登場人物紹介

❖ **毬谷慎十郎** まりや・しんじゅうろう
父に勘当され、播州龍野藩を飛び出し江戸へ出てきて道場破りを繰り返す。若さ溢れながらも剛毅で飾り気がなく、虎のような猛々しさを持つ男。

❖ **咲** さき
双親を幼い頃に亡くし、祖父に育てられた。負けん気が強く、剣に長けている。

❖ **丹波一徹** たんば・いってつ
神道無念流の館長・斎藤弥九郎に頼まれ出稽古に出るほどの腕前を持つ。丹波道場の主。かつて御三家の剣術指南役を務めたほどの剣客で、孫娘の咲に剣を教えた。今は隠居生活を送っている。

❖ **脇坂中務大輔安董** わきさか・なかつかさたいふ・やすただ
幕政に与る江戸城本丸老中。播州龍野藩の藩主であり、世情の不安を取りのぞくべく陰で動いている。

❖ **赤松豪右衛門** あかまつ・ごうえもん
龍野藩江戸家老。藩主安董の命を受け、慎十郎を陰の刺客として働かせようとしている。

❖ **石動友之進** いするぎ・とものしん
横目付。足軽の家に生まれながらも剣の技倆を認められ、江戸家老直属の用人に抜擢された。慎十郎とは、幼い頃より毬谷道場でしのぎを削った仲である。

遺恨あり

あっぱれ毬谷慎十郎〈六〉

戊戌《ぼじゅつ》の夢

一

天保《てんぽう》十年（一八三九）、皐月《さつき》。

――弱さを知ってこその強さなり。

当代随一の剣豪と評される千葉周作《ちばしゅうさく》に諭《さと》されてから、毬谷慎十郎《まりやしんじゅうろう》は強さの意味を考えつづけている。

「ふうむ、わからぬ」

一年余りまえ、日の本一の剣士になるという大志を抱き、播州龍野《ばんしゅうたつの》から江戸へやってきた。鍛《きた》えぬかれた六尺豊かな体軀《たいく》と、双眸《そうぼう》を炯々《けいけい》とさせた野獣のごとき面構え、とうてい二十歳《はたち》にはみえぬ押しだしの強さで、名だたる道場を荒しまわり、存分に剣名をあげ、読売にも何度となく載るほどの活躍をみせた。

ところが破竹の勢いは、剣聖の一角を占める斎藤弥九郎《さいとうやくろう》の練兵館《れんぺいかん》で敢《あ》えなく堰《せ》きとめられる。出稽古《でげいこ》に来ていた女剣士の丹波咲《たんばさき》に、絶妙な柄砕《つかくだ》きで鼻っ柱を折られたのだ。口惜《くちお》しさを抱えつつも咲に剣を教えた祖父・一徹《いってつ》に弟子入りを望み、いったんは拒絶されたものの、持ち前の粘り腰で願いつづけ、どうにか池之端《いけのはた》の無縁坂《むえんざか》下にある丹波道場へ飯炊《めした》きとして住みこむことを許された。

道場主の一徹や咲にはまともに稽古をつけてもらえぬが、本気でやれば勝てるという根拠のない自信は今もある。一徹に「止《や》めておけ」と意見されても道場荒らしをやりつづけ、千葉や斎藤をもしのぐと噂《うわさ》される直心影流《じきしんかげ》総帥《そうすい》の男谷精一郎《おだにせいいちろう》に挑んだこともあった。赤子のように小手先で捻《ひね》られはしたが、近いうちに見返してやるのだという信念が揺らぐことはない。

ただし、以前のような荒々しさやがむしゃらさは影をひそめ、立ちどまって相手の様子を窺《うかが》うようになった。

強い相手とみれば後先かまわずに突進し、完膚《かんぷ》無きまでに叩《たた》きのめす。

それこそがおのれの真骨頂であるにもかかわらず、近頃はいろいろ考えすぎて出足が鈍っている。

「真剣で闘う怖さを知ったからじゃ」

蓬髪《ほうはつ》を靡《なび》かせた一徹の言うとおりかもしれない。

生死の間境に身を置き、真剣で何人もの悪党を斬《き》った。底知れぬ死の闇《やみ》を覗《のぞ》き、斬った相手の業《ごう》を背負うようになってはじめて、負けは即、死に繋《つな》がることを思い知り、強さと弱さが表裏一体のものであることに気づいた。

慎十郎は日々、真の強さとは何かをおのれに問いつづけている。

ただ勝負に勝ち、生き残ればよいというものでもなかった。それは誇り高き武士の目指すべきところではない。

ならばいったい、おのれの目指すところは何処《どこ》なのか。

負けることの辛《つら》さに耐え、死の恐怖と闘いながら、はたして、おのれはどのような者になりたいのか。

胃が捻《ね》じきれるほど考えても、こたえはみつからなかった。

何かを強烈に望んでいるのに、何を望んでいるのかわからぬ。

慎十郎はそんな自分に苛立《いらだ》ち、進むべき道を見失いつつある。

「まあ、しゃっちょこばって考えても仕方ねえ。世の中なんてものは、なるようにしかならねえんだ」

気軽に声を掛けてくれたのは、江戸の闇を牛耳《ぎゅうじ》る孤《こも》の重三郎《じゅうざぶろう》だった。

「仁王《におう》みてえに図体はでけえし、剣術もとびきり強え。でもな、おめえさんのいいところは、お天道さまみてえな明るさと、世間の間尺《ましやく》じゃはかれねえ型破りな性分《しようぶん》だ。六尺の木刀を振りまわし、肩が外れても大口をあけて嗤《わら》い、嗤いすぎて顎《あご》まで外しやがる。ふふ、おもしれえのさ、おめえさんをみているとな」

重三郎と出会ったのは、江戸へ出てきて早々のことだ。慎十郎は魚河岸で威張《いば》りくさっていた納屋《なや》役人たちを追い払い、町奉行所の捕り方と大立ちまわりを演じた上で自分を捕縛《ほばく》させた。白洲《しらす》で奉行直々に重敲《じゆうたた》きの刑に処する旨《むね》を申しわたされ、背中の皮膚が裂けるほど笞打《むちう》たれたにもかかわらず、音をあげるどころか平然としていた。

「ふふ、おめえさんほどの豪傑《ごうけつ》は、さすがのおれもみたことがねえ。鍾馗《しようき》も関帝《かんてい》も真っ青ってやつだ。何つっても、おめえさんは白洲で御奉行さまに強意見《こわいけん》を吐いた。『お待ちあれい。衆生《しゆじよう》は今、死にかけておりまする』とな。吟味方の同心から聞いた確かなはなしだ。おれはな、公儀に刃向かうおめえさんの骨太なところが気に入ったのさ。言ったろう、十八で逝《い》った倅《せがれ》のはなしだ」

四年前、重三郎の息子は出来心から盗みをはたらき、縄を打たれてほどなくして牢《ろう》死《し》したとの急報がはいった。南茅場町《みなみかやばちよう》の大番屋へ出向いてみると、痣《あざ》だらけになった息子の遺体が土間に転がされていたのだという。

「役人どもから惨《むご》い責め苦を受け、ほとけになっちまったのさ。袖《そで》の下をたんまり掴《つか》ませてはいたが、役人どものなかにゃ、おれを快くおもわねえ連中もいる。孤の重三郎の倅だって理由で殺されたんだよ。この恨みだけは、忘れたくても忘れられねえ。だからな、おめえさんが公儀に抗《あらが》うすがたをみて、おれは感極《かんきわ》まっちまった。このおひとを放《ほう》っちゃおけねえと、そうおもってな」

百蔵きが終わった直後に声を掛けられ、美味《うま》いものを腹いっぱい馳走《ちそう》になった。重三郎とはそれ以来の縁だ。ずいぶん世話になっているので、頼み事をされたら断ることもできない。

「じつはな、とある蘭方医《らんぽうい》の用心棒をやってほしいのさ」

慎十郎は本所《ほんじょ》一つ目之橋のそばにある邸《やしき》に呼ばれ、重三郎から妙なことを頼まれていた。

蘭方医の住まいは麹町《こうじまち》なので、本所からはけっこう遠い。しとしと雨の降るなか、小舟を仕立てて大川を斜めに横切り、さらに神田川を経巡《へめぐ》って途中で陸にあがったのち、番町《ばんちょう》を突っきって麹町五丁目と六丁目の境目あたりまでやってきた。

「ふん、すっかり濡《ぬ》れ鼠《ねずみ》になっちまったぜ」

舌打ちをする瘦《や》せた男は闇鴉《やみがらす》の伊平次《いへいじ》、案内役を仰《おお》せつかった重三郎の右腕だ。

「蘭方医は高野長英《たかのちょうえい》と申しやす。おっと、いけねえ。長英先生と呼ばなくちゃ、どやされちまう」

「気位《きぐらい》の高い男らしいな」

「お山の大将でやすよ。山のてっぺんに立ってねえと気が済まねえようでね、怒るとわけのわからねえ蘭語でまくしたてるんでさあ」

「ふうん、菰の元締めとはどういう関《かか》わりだ」

「あっしが知ってんのは、先生が瘡《かさ》に罹《かか》って死にかけた夜鷹《よたか》を治しちまったことだ。ほかの町医者は、みんな匙《さじ》を投げやがった。そいつを一発で治しちまったってんで、元締めもすっかりご執心になりやしてね。でも、放っておけねえ理由はそれだけじゃねえ」

「と、言うと」

「亡くなった若《わか》のこってす」

伊平次は言いづらそうに、声をひそめた。

どうやら、長英は重三郎に頼まれて息子の遺体を検屍《けんし》し、責め苦で殺《あや》められたと断定したらしかった。町奉行所にも抗議し、目をつけられたのだという。重三郎は、そのときのことを恩義に感じているのだ。

「ふたりの関わりはわかったが、どうして用心棒なんぞを」

「聞いておられやせんかい。巷間《こうかん》を騒がせている辻斬《つじぎ》りのはなし」

「さあ、知らぬ」

慎十郎が首を捻《ひね》ると、闇鴉は眉間《みけん》に皺《しわ》を寄せる。

「八重桜が散って卯《う》の花が咲き、卯の花が散って菖蒲《あやめ》が咲いた。たったそれだけのあいだに三人も斬られやしてね、それがみんな蘭方医なんでさあ。ってことは、下手人は同じやつにちげえねえ」

「されど、江戸で蘭方医はめずらしくもあるまい。長英先生が狙《ねら》われるとはかぎらぬであろう」

「斬られた三人は、尚歯会《しょうしかい》ってところに出入りしておりやしてね」

「尚歯会」

「へい」

尚歯会は天保四年に始まった大飢饉《ききん》を機に、紀州《きしゅう》藩儒官《じゅかん》の呼びかけで結成された。

本来は飢饉の備えを論じる集まりであったが、今は譜代大名に仕える重臣や長崎《ながさき》で蘭学を修めた俊英《しゅんえい》たちが天下国家を論ずる場になりかわっているらしい。

「集まりには田原藩《たはら》のご家老なんぞも顔をみせるそうで、大筒《おおづつ》で異国船を打ちはらった幕府のやり口をやり玉に挙げているとかいねえとか」

長英はその尚歯会に属し、中心人物としての役割を果たしているという。

大筒だけに焦臭《きなくさ》いはなしだが、重三郎が長英を守りたいと願うのは純粋な俠気《きょうき》からだった。

いつもは口数の少ない伊平次が喋《しゃべ》るのを、慎十郎は不思議そうにみつめた。

「さあ、着きやしたぜ」

診立所《みたてどころ》はすぐにわかった。

貧乏人の患者が小路にまで列をなしていたからだ。

「日の高えうちは病人を診《み》て、暗くなると蘭書の和解《わげ》に勤《いそ》しむ。尚歯会の集まりがあれば出向き、懇《ねんご》ろにしている田原藩から夜中に呼びだしがあっても断らねえ。いつ寝ているのかもわからねえ御仁《ごじん》でやすよ」

伊平次は笑いつつ、患者たちを漕《こ》ぎわけ、診立所の内へ身を捻じこむ。

慎十郎は土間に踏みこむなり、薬種の匂《にお》いに鼻をつかれた。

「割りこみは許さないよ。さあ、後ろにお並び」

歯抜け婆《ばばあ》にせきたてられ、伊平次は頭を掻《か》く。

「おせい婆《ばあ》さん、勘違いしねえでくれ。先生の用心棒になる旦那《だんな》をお連れしたんだぜ」

「ふうん、そっちの大きいお侍のことかい」

「ああ、播州ご出身の毬谷慎十郎さまだよ」

「毬谷だって、切支丹《キリシタン》のおなごみたいな名だねえ。でも、男振りは申し分ない。睨《にら》みを利かせた團十郎《だんじゅうろう》かとおもったよ。うひひ、うちの先生も顔じゃ負けていないさ。風呂にさえはいってくれれば、もっとましになるんだけどね」

　歯抜け婆のおせいに導かれ、ふたりは奥の畳部屋へ向かう。

　茶筅髷《ちゃせんまげ》に無精髭《ぶしょうひげ》の医者が、三十路《みそじ》を超えた嬶《かか》ぁの垂れ乳を揉《も》んでいた。

　おもわず目を背けると、矢のような叱責《しっせき》が飛んでくる。

「何していやがる。診立てはまだ終わっておらぬぞ。婆さん、この嬶ぁは左の乳に岩《いわ》のごとき痼《しこ》りがあってな、小刀で岩を切りとらねばならぬのだが、あいにく麻沸湯《まふっとう》の支度がここにはない」

「麻沸湯ってのは、からだを切られても痛くないっていう摩訶《まか》不思議な薬のことでござんしょうかね」

「ああ、そのとおりだ。そいつさえあれば、すぐにでも岩を切りだしてやるのだがな」

嬶ぁが縋《すが》りついてきた。

「先生、どうしても切らなくちゃいけないんですか」

「ああ。放っておけば、半年足らずであの世逝きだ」

「ひぇっ、それじゃ、あたしはどうすればよいので」

「切るしかあるまい。手足を押さえつけ、手拭《てぬぐ》いを口に嚙《か》ませるのだ」

「そんな」

驚いて声を失う嬶ぁに、長英は素っ気なく告げる。

「死にたくなければ我慢しろ。なあに、痛みは一瞬さ。すぐに慣れてしまう。おまえさん、子は」

「十を頭《かしら》に五人おります」

「それならわかるはずだ。陣痛《じんつう》にくらべれば、何ということはない。今のまま切らずにおけば、五人の子には二度と会えなくなるぞ。亭主の仕事は」

「大工です」

「それなら、薬代は捻出《ねんしゅつ》できよう。亭主とよくはなしあい、相談がまとまったらまた来なさい」

「……は、はい」

嬶ぁは目を真っ赤にしながら出ていく。

長英も兎《うさぎ》のように目を赤くしていたが、こちらは寝不足が原因のようだった。

「それで、おぬしらは何用だ」

ふいに水を向けられ、伊平次が応じた。

「へい、用心棒の毬谷さまをお連れしやした」

「用心棒など、頼んだおぼえはないぞ」

「まあ、そう仰《おつしや》らずに。うちの元締めが先生の身をご案じになり、江戸で一番のお方にわざわざ頼まれたんですぜ」

「江戸で一番とは、剣術の腕前のことか」

「ほかに何があると仰るので」

「それなら、北辰一刀《ほくしんいっとう》流の千葉周作や神道無念《しんとうむねん》流の斎藤弥九郎や直心影流の男谷精一郎よりも強いと申すのだな」

「ちょいとお待ちを。一番ってのは、一番になるほど強いって意味でやすよ。あっしは何も満天下に名を轟《とどろ》かせる三剣豪に勝ると言ったわけじゃねえ」

それを聞いて、慎十郎はむっとしながら吐きすてた。

「嫌なら、無理強いはせぬ」

長英は聞きながし、惚《とぼ》けた口調で言いはなつ。

「元締めには世話になっておるから、好意を無にするのも忍びない。用心棒でも何でも勝手にやるがよかろう。わかったら、出ていけ。でかいのがそこに立っておっては邪魔だ」

慎十郎は怒りを抑え、長英に背を向けた。

伊平次も袖をひるがえし、土間の際《きわ》まで追いかけてくる。

「お怒りですかい。へへ、一事が万事あんな調子でね。それでも、いっしょにいて飽きねえ御仁でやすよ」

「ふん、どうだか」

「ほとぼりが冷めるまでのことだ。どうかひとつ、よしなにお願いしやす」

伊平次は無理に笑顔をつくり、小粒を何枚か寄こそうとする。

気はすすまぬが、詮方《せんかた》あるまい。

慎十郎は溜息《ためいき》を吐《つ》き、手渡された小粒を袂《たもと》に仕舞った。

二

用心棒に就いて三日目、端午《たんご》の節句になった。

今日も朝から雨が降りつづいており、診立所へ通う足は重い。

覚悟していたことだが、高野長英は知識に乏しい者をあからさまに嘲《あざけ》る。

たとえば、権威ある医学館の漢方医たちなどは、まっさきに悪態の餌食《えじき》となった。

「ろくに医術の見識もないくせに、威張りちらしておる。診る患者は金持ちばかりで、貧乏人には見向きもせぬ。そんな偉ぶった阿呆《あほう》医者どもに医術を語ってほしくはない。進取《しんしゅ》で効果のあるやり方を知りたければ、素直に頭を下げて教えを請《こ》うことだ。ふん、やつらにできようはずもなかろうがな」

嫌いな相手を平気でこきおろす長英は鼻持ちならない男だが、なるほど、伊平次も言っていたとおり、いっしょにいると飽きなかった。

「西洋にガリレオ・ガリレイという人物がおってな、二百年余りまえに地動説というものを唱えた。簡単に言えば、動いているのは天ではなく、地であるという説だ。おぬしはどうおもう、信じるか」

「まさか。このとおり、地べたは動いてなどおらぬ」

「浅はかな連中はみな、そう考える。案の定、地動説は切支丹の評定で世迷い言と決めつけられ、ガリレオどのは死にいたるまでの九年間、軟禁を余儀なくされた。最愛の娘を病で失い、目もみえなくなったが、あらゆる困難にもめげずに学びの成果を書に残した。そのおかげで、わしは地動説という素晴らしい考えを知ることができたのだ」

「わしには、ようわからぬな」

「そうであろう。刀を振りまわすだけしか能の無いおぬしには、説いても無駄かもしれぬ。されどな、おぬしはまだ若いゆえ、これだけは言っておく。力の強い者が日の本一国を支配する流れはすぐに終焉《しゅうえん》を迎えよう。これからは力でなく、学問が国を動かす。おぬし、国を動かしてみたくはないか。上から抑えつけるのではなく、下から衝《つ》き動かすのだ。ふふ、かのガリレオも言った。『それでも地球は動いている』と。これからはな、常識では考えられぬことが勃《お》こる。大地震《おおない》じゃ。もうすぐ、この国は音を立てて崩れだすぞ」

壮大すぎてわけのわからぬはなしだが、心を激しく揺さぶられた。

長英のような男が、もしかしたら、この国には必要なのかもしれない。

そんなことをつらつら考えていると、山田順庵《やまだじゅんあん》という漢方医が診立所に怒鳴りこんできた。

長英の言う「阿呆医者」だ。

「このえせ蘭方医め、おみのに乳房を切るよう薦《すす》めたそうだな」

まわりの患者たちは眉《まゆ》をひそめたが、たいして驚きもしない。

どうやら、何度もみている光景らしかった。

長英も落ちついたものだ。

「これはこれは山田どの、おみのとは大工の女房のことでござろうか」

「ああ、そうだ。達五郎《たつごろう》は腕の良い大工でな、医学館《いがくかん》の修繕も手掛けたのだぞ」

「ほほう、縁のある亭主から女房のことを相談され、血相を変えてやってきたというわけか。ふん、間抜けにもほどがある」

「何だと、もういっぺん言ってみろ」

「何度でも言ってやる。医学館の連中はろくに患者を治しもせぬくせに、患者を蘭方医に取られるとなるや、性懲《しょうこ》りもなく文句だけは吐きにくる。これを間抜けと言わずして何と呼べばよい。のう、間抜け」

「くっ……こ、こやつめ。あとで吠《ほ》え面《づら》を掻くなよ」

順庵は踵《きびす》を返し、肩を怒りで震わせながら去っていった。

あんなことを言って大丈夫なのかと、慎十郎でさえ案じたが、当の長英は気にする素振《そぶ》りもみせない。

「医学館に利根川周徳《とねがわしゅうとく》と抜かす漢方の権威《けんい》がおってな、順庵は周徳の提灯持《ちょうちん》ちにすぎぬのさ。なあに、案じることはない。負け犬どもが吠えているだけのことだ」

長英は嘲りながら、診立所をあとにする。

慎十郎も急いで背中を追った。

「もし、向かうさきは」

「おぬしのよく知るところさ」

長英は曖昧《あいまい》な物言いではぐらかし、大路を横切って善国寺《ぜんこくじ》坂を下った。

武家屋敷が密集する迷路のごとき界隈《かいわい》は、住人でも迷う番町にほかならない。

武士の子たちがわいわい騒ぎながら、くにゃりと曲がる菖蒲刀《しょうぶがたな》で打ちあっている。

町屋では鯉幟《こいのぼり》を屋根に立てる家もあり、外に一歩出ると節句の気分を味わうことができた。

「ふうん、それが御下賜の藤四郎吉光《とうしろうよしみつ》か」

長英は肩を並べて歩きつつ、のんびり声を掛けてくる。

「おぬしの父は、千代田城で催された演武で見事な剣技を披露し、家斉《いえなり》公から宝刀を頂戴《ちょうだい》したそうだな」

「どうしてそれを」

「さる御仁から聞かされたのさ。おぬしの父上は家斉公から直々に公儀の剣術指南役にならぬかと誘われたにもかかわらず、峻拒《しゅんきょ》し、仕えていた脇坂《わきさか》家の殿さまをえらく落胆させたそうではないか。龍野藩五万一千石を治める脇坂安董《やすただ》公と申せば、幕政を司る老中のおひとりだ。古希《こき》を過ぎても矍鑠《かくしゃく》として、幕閣に睨みを利かせておられるとも聞いた。それほど立派な殿さまの顔を潰《つぶ》すとは、おぬしの父は岩盤のごとき頑固《がんこ》者《もの》と申すしかあるまい。どうだ、当たっておろう」

「たしかに、頑固者ではござるが、殿さまの顔を潰そうとしたわけではない。公儀の剣術指南役は身分不相応と考えたまで」

「ほほう。おぬし、国許《くにもと》で勝手なことをしくさって、父に勘当《かんどう》されたのであろう。父でも子でもないと突きはなした相手を擁護《ようご》するのか」

「他人からとやかく言われるのは好かぬ」

「ふん、御下賜の宝刀を盗んだ男がよく言うわい。おぬし、その刀で人を斬ったことはあるのか」

「ある」

きっぱり応じると、わずかに沈黙が流れた。

慎十郎は安董公の意を汲《く》み、無宿者を煽動《せんどう》して打ち毀《こわ》しをおこなわせていた黒天狗《くろてんぐ》の首魁《しゅかい》を成敗した。それを皮切りに、何人もの悪党どもをあの世へおくってきた。父のもとから盗んだ藤四郎吉光は、すでに多くの血を吸っている。

「相手がどのような悪党であれ、人斬りは許されるものではない。それがわしの持論でな、おぬしはわしの間尺に合わぬ者ということになる」

慎十郎は黙った。辻斬りで死んだ三人の蘭方医が、長英にとって掛け替えのない友人であったと聞いていたからだ。

「ふん、まあよい」

気づいてみれば、禿小路《かむろこうじ》を歩いていた。

この道はよく知っている。小路のさきを右へ曲がれば、練兵館へたどりつくはずだ。

「やっとわかったようだな。練兵館で渡辺崋山《わたなべかざん》さまと会う。内々でお願いしておいた麻沸湯を手に入れてくれたらしい」

渡辺崋山という人物は知っている。弱小な田原藩三宅《みやけ》家の上士の家に生まれ、絵を描いて家計を助けつつ、四十歳で家老にまで立身出世を果たした。三年前の大凶作で甚大《じんだい》な被害を受けたときなど、崋山は「救荒《きゅうこう》にあたっては背水の戦場、討死の覚悟を持て」と藩士らを叱咤《しった》激励《げきれい》し、領内にひとりの餓死《がし》者《しゃ》も出さなかったという。

「探究心が旺盛《おうせい》で、骨太《ほねぶと》なおひとだ。蘭学への理解も深く、尚歯会の連中もみな頼りにしておる」

斎藤弥九郎の営む練兵館は、伊豆《いず》韮山《にらやま》代官の江川英龍《えがわひでたつ》に資金援助を受けている。崋山は江川の親しい友人であり、時折、練兵館に顔をみせているのは知っていたが、挨《あい》拶《さつ》を交わしたこともなかった。

おそらく、慎十郎の素姓は斎藤の口から崋山に伝わり、崋山から長英にもたらされたのだろう。

「女剣士から鼻っ柱を折られたはなしも聞いたぞ。おぬしにとって、練兵館は因縁の場所というわけだな」

口惜しい気持ちは当然あるものの、今では負けたことに感謝さえしている。

負けずに増長しつづけていたら、生きていなかったかもしれぬからだ。

道場の冠木門《かぶきもん》を潜《くぐ》ると、門弟たちの気合いが聞こえてきた。

「この声を聞くと、わしでも血が騒いでくる」

早足になる長英を追いかけ、慎十郎は道場へ顔を出した。

打ちあい稽古をする門弟たちのなかで、ひとりだけ際だった剣士がいる。

「咲どの」

慎十郎のつぶやきを、長英は聞きのがさない。

「ほう、あれがおぬしの鼻っ柱を砕いた御仁か。ずいぶんと若い。まだ十七、八の小娘ではないか」

小莫迦《こばか》にした台詞《せりふ》が聞こえたのか、咲は竹刀を降ろしてこちらをみる。

と同時に、弟子たちの眼差《まなざ》しも一斉に集まった。

「おう、長英先生か」

道場の片隅から大声を張りあげた熊のような男こそ、館長の斎藤弥九郎にほかならない。

「渡辺さまなら、火急の御用で藩邸へ戻られたぞ。これを預かっておる」

斎藤はのっしのっしと大股《おおまた》で近づき、油紙に包んだものを長英に手渡した。

「猛毒の曼荼羅華《まんだらげ》からつくった薬らしいが、こんなものを使って大丈夫なのか」

「ええ、たぶん」

斎藤は用件が済むと、長英の後ろに佇《たたず》む慎十郎に髭面《ひげづら》を向ける。

「おぬしは、そこで何をしておる」

「何を聞かれても、別にとしかおこたえできませぬ」

「あいかわらず、生意気なやつだな。ひとつ、叩きのめしてくれようか」

「のぞむところにござる」

さっと身構えるや、斎藤は面倒臭そうに手を振った。

「いいや、やめておこう。勝つとわかっておる勝負などしたくもないからの」

「それは過信にござるぞ」

「吠えるな。咲どのから聞いておる。おぬしはろくに稽古もせず、近頃は何処《どこ》かで油を売っておるとな」

すかさず、長英が口を挟んだ。

「こやつ、わしのところにおりますぞ。仰るとおり、日がな一日何もせず、鼻の穴を穿《ほじ》ってばかり。知りあいが用心棒代わりにと寄こしたのですが、この様子ならば、いざというとき役に立ちそうにありませぬな。くわっ、かかか」

蘭方医は痰《たん》でも吐きそうな笑い方をしてみせ、斎藤もこれに同調する。

咲は「きええい」と長めの気合いを入れ、打ちあい稽古を再開させた。

「されば、これにて」

長英はお辞儀をし、そそくさと冠木門へ向かう。

慎十郎は居たたまれなくなり、憤懣《ふんまん》を爆発させた。

「ぬおおお」

天井も床も震えた。

門弟たちは驚いて立ちつくす。

それでも、斎藤だけは嗤っていた。

「口惜しければ、竹刀を振るがよい。手が折れるまで振りつづけ、口惜しいとか憎たらしいとか悲しいとか苦しいとか、やわな気持ちがすべて消えたら、またここへ来るがよかろう」

涙がじわりと滲《にじ》んでくる。

唐突に優しいことばを掛けられたせいか、頭が真っ白になり、何と応じたらよいのかもわからなくなった。

深々とお辞儀をし、道場をあとにする。

すでに、長英の影はない。

冠木門から飛びだし、素早く左右をみる。

「おらぬ」

慎十郎は不吉な予感にとらわれ、脱兎《だつと》のごとく走りだした。

三

野良犬がけたたましく鳴き、菖蒲刀を握った洟垂《はなた》れどもは歓声をあげて散る。
駆けながら三《み》つ股《また》を左に曲がったものの、禿小路に長英の影はなかった。
「何処へ行ったのだ」
仕方なく道を駆けぬけ、行く手の三つ股を右に曲がる。
麴町から歩いてきた記憶を頼りに、迷路のような辻をいくつか曲がった。
やはり、長英は何処にもいない。
「くそっ」
あきらめて帰るしかないのか。
はっとして、足を止めた。
ここは法眼坂《ほうげんざか》の上り、道端に花菖蒲が手向《たむ》けてある。
近づいてみると、瘴気《しょうき》が立ちのぼっていた。
唐突に、辻斬りのはなしをおもいだす。
蘭方医のひとりは番町で斬られたのだ。

「ここかもしれぬ」
背筋がぞくっとし、胸苦しくなる。
菰の重三郎に頼まれた手前、長英を死なせるわけにはいかない。
裾《すそ》を端折《はしょ》り、ふたたび、走りはじめた。
坂道の勾配《こうばい》がきつく感じられる。
——ごおん。
鳴っているのは、正午を報《しら》せる鐘《かね》の音だ。
雨雲が低く垂れこめ、夕暮れのように薄暗い。
ふと、侍の後ろ姿が目にとまった。
角張った肩を縮め、極端な猫背で歩いている。
何処かでみかけたことがあった。
「あっ」
診立所のそばだ。
物陰から様子を窺っていた。
怪しい。
男は左右に気を配りつつ、坂上の辻を左に曲がっていく。

——待て。

慎十郎は胸の裡《うち》で叫び、必死になって追いかけた。

猫背の男を追っていけば、長英がみつかるかもしれない。

淡い期待を抱き、慎重に間合いを詰めていった。

男は濠《ほり》へまっすぐ進み、濠端の道をぐるりとまわって、九段坂《くだんざか》から駿河台《するがだい》へ向かう。

わざわざ迂回路《うかいろ》を選び、水道橋で神田川を渡ると、湯島《ゆしま》から明神下《みようじんした》まで急ぎ足で進んでいった。そして、下谷御成《したやおなり》街道を横切ってたどりついたさきは、練塀小路《ねりべいこうじ》に沿った武家屋敷の一角だった。

大きな屋敷の裏手へまわり、練塀の内へ消えていく。

どうやら、大身《たいしん》旗本に仕える用人らしい。

まちがいあるまいと、慎十郎は確信した。

やはり、物陰から診立所を見張っていた男だ。

表の往来にまわって薬の行商をみつけ、屋敷の主人は誰かと尋ねる。

「鳥居《とりい》さまでござりますよ」

行商はあっさりこたえる。

「誰だそれは」

聞きかえすと、莫迦にした態度を取られた。

「公儀御目付、鳥居耀蔵《ようぞう》さまをご存じない。いまや、御旗本で一番羽振りのよいことで知られる出世頭にござりますよ」

余計なことまで喋《しゃべ》ったとおもったのか、行商はぺろっと舌を出した。

「なるほど」

男の仕種《しぐさ》が怪しい理由はわかった。

鳥居なる目付の放った隠密《おんみつ》なのだ。

わからぬのは、目付の放った隠密が、何故《なぜ》、長英を見張るのかということだった。

ともかくも踵を返し、慎十郎は来た道を飛ぶように戻った。

腹が空いても我慢し、麴町の診立所へ駆けこむ。

何のことはない、長英は戻っていた。

囲炉裏端《いろりばた》に座って、のんびり茶を吞《の》んでいる。

「ご無事でござったか」

心から安堵《あんど》したように声を掛けると、暢気《のんき》な顔を向けてくる。

「無事にきまっておろうが。おぬしはいったい、何処で道草を食っておったのだ」

長英はすこぶる機嫌が良い。

かたわらで患者を診ているのは、横顔に幼さの残る若い医者だった。

「わしの愛弟子を紹介しよう。三好陽太郎《みよしようたろう》だ。長崎帰りの優秀な医師でな、シーボルト先生がおられたならば、鳴滝塾《なるたきじゆく》の塾頭に推していたに相違ない」

オランダ商館付きの医師だったシーボルトが長崎郊外につくった鳴滝塾は、かつて蘭学を学ぶ者たちの総本山と目されており、長英はその才能をみとめられ、鳴滝塾の塾頭をつとめていた。

ところが、今から十一年前、シーボルトは日本地図などを国外へ持ちだそうとしてみつかり、国外へ追放されるとともに再渡航禁止の処分を受けた。このとき、地図を贈った幕府天文方の高橋景保《たかはしかげやす》は死罪の沙汰《さた》を下されている。一方、疑われてしかるべき立場の長英は長崎から巧みに逃れ、紆余曲折《うよきよくせつ》のちに江戸へ出てきたのだという。

シーボルトや鳴滝塾の名くらいは、慎十郎も聞いたことがあった。

ただし、長英と関わりが深いとわかっても、ぴんとはこない。

何せ、ずいぶんむかしのはなしだ。

「わたしは、高野先生が羨《うらや》ましゅうございます。もっと早く生まれ、鳴滝塾で学んでみたかった」

三好は眸子《まなこ》を輝かせ、恋情を告げる娘のような口調で言った。

が、すぐに話題を変え、長英と麻沸湯のはなしをしはじめる。

「さすが、御家老の渡辺崋山さま。貴重なものをくだされましたね」

「ふむ。曼荼羅華を使った麻沸湯は、通仙散《つうせんさん》とも呼ばれておる。つくったのは紀州家に仕えておられた華岡青洲《はなおかせいしゅう》先生だ」

「存じております。今から三十五年前、通仙散を使って乳房の切開をおこなわれたのですね」

「関節離脱もおこない、疝気《せんき》の原因《もと》となる尿道の石も除去なされた。漢方医どものせいでいまだ広がりをみせておらぬが、患者を眠らせて患部を除去する方法は、もはや、われわれ蘭方医のあいだでは常識になっておる」

「先生の仰るとおりにござります。頭の固い医学館の連中さえおらねば、多くの患者が助かっていたことでしょう」

正否は別にしても、ふたりの会話は今まで聞いたことのないものだけに興味を惹《ひ》かれた。

「ところで、毬谷どのはおいくつになられる」

ふいに三好から尋ねられ、慎十郎は照れながらこたえた。

「二十一だ」

「それなら、わたしと同い年ですね。ご出身はどちらです」

「播州の龍野だが」

「わたしは高野先生と同じ陸奥《むつ》の出身です。仙台《せんだい》藩の足軽の家に生まれました。三十石取りの貧乏所帯で、次男ゆえに婿《むこ》入りを期待されましたが、どうしても蘭学を究《きわ》めたかったので、両親の反対を振りきり、故郷を捨ててまいりました。高野先生から、毬谷どのも同じような境遇だと伺ったもので、是非、懇意《こんい》にしていただければと」

「それはまあ、かまわぬがな」

喋りは長いが、厭味《いやみ》ではない。少なくとも、長英よりは好感が持てる。

「わたしは書を読むのが三度の飯よりも好きです。毬谷どのは剣術の稽古をするのが三度の飯よりもお好きなのでは」

「まあ、そうかもな」

「やっぱり。めざすものがちがっても、めざす心意気はいっしょなのですね」

なかなか嬉《うれ》しいことを言ってくれる。

おもわず目尻《めじり》を垂らすと、長英に釘《くぎ》を刺された。

「刀など無用の長物だ。今にそれがわかる。学問が世の中のすべてを変える。三十石取りの足軽の息子が、百万石の大名を黙らせるときがくる。わしは昨年、秘《ひそ》かに『戊《ぼじ》戊夢物語《ゆつゆめものがたり》』という書を著した。内容は幕政批判だ。もはや、諸外国に門戸を閉ざす方策は通用せぬ。かような主張をすれば罰せられるのはわかっておるので名は隠したが、至極まっとうなことを述べたつもりだ。それが証拠に、陽太郎のごとき優秀な人材がわしを頼ってくれた。これからの世は人だ。身分は関わりない。学問を究めたいという情熱のある者たちこそが、わが国の宝なのだ。よいか、わしの言っていることは、けっして夢物語ではない。今はまだ、わからんでもいい。おぬしらもきっと、そのことを知るときが来る」

長英は天井を睨み、しばし黙りこんだ。

涙ぐんでいるようにもみえたが、涙の理由はわからない。

身に降りかかる悲しい運命を予知しているのだとしても、慎十郎にはまったく想像もできないことだった。

四

翌夕。

辰《たつ》ノ口《くち》、龍野藩上屋敷。

老中は激務だ。とにかく、激務だ。連日、気位の高い譜代大名たちを相手にしなければならず、気疲れのせいで、やたらに眠い。

家老の赤松豪右衛門《あかまつごうえもん》が、かたわらで鯉《こい》のように口をぱくつかせている。

「殿、川普請の件はいかがいたしましょう」

「おぬしに任せる。よきにはからえ」

脇坂中務大輔安董はそう言ったきり、脇息《きょうそく》にもたれて舟を漕ぎはじめた。

若い頃から弁舌爽《べんぜつさわ》やかで見目もよく、弱冠二十四歳で寺社奉行に抜擢《ばってき》された。色坊主と大奥女中らの淫行《いんこう》を摘発した谷中延命院《やなかえんめいいん》の仕置きは三十六歳の出来事、悪名高い住職の日道《にちどう》を捕らえて獄門台へ送り、大奥にも厳正なる処分を下し、巷間では名奉行と謳《うた》われた。

「あのころは、ようやったな」

夢見心地につぶやいても、豪右衛門の耳には届いていない。

先祖は「賤ヶ岳《しずがたけ》の七本槍《やり》」として名高い、豊臣秀吉《とよとみひでよし》股肱《ここう》の脇坂甚内安治《じんないやすはる》である。

剛毅《ごうき》さと反骨心は脈々と受けつがれ、ことに類《たぐ》い希《まれ》なる清廉《せいれん》さがよほど気に入られたのか、前将軍家斉公に請われて二十二年間も寺社奉行を勤め、いちど身を退《ひ》いてからも十六年後に再登用された。

――また出たと　坊主びっくり　貂《てん》の皮

そのときに詠《よ》まれた落首である。権威に胡座《あぐら》を搔いた宗門の天敵、安董の登場は市井からも大いに歓迎された。睨みを利かせるだけでも効果覿面《てきめん》、上屋敷の所在地に因《ちな》んで「辰ノ口の不動明王」などという綽名《あだな》までついた。

再任のあとはしばらくなりをひそめていたが、但馬国出石藩《たじまのくにいずし》を治める仙石《せんごく》家のお家騒動を見事に裁き、一方に肩入れした老中首座の松平康任《まつだいらやすとう》を失脚させた。その功績を家斉に高く評価され、老中の座に就いたのだ。

本丸の老中まで出世した外様《とざま》大名はいない。胸を張って誇るべきところだが、さすがに古希を過ぎたこともあって、からだのほうがきつかった。いつのまにか眠りに落ち、甲冑《かっちゅう》を纏《まと》って黒鹿毛《くろかげ》にまたがる夢をみることもしばしばだ。

右脇にたばさむのは九尺（約二・七メートル）の長槍、穂先は貂の皮でこしらえた鞘《さや》に納まっている。めずらしい槍鞘はご先祖が丹波攻めの際に敵将から奪った戦利品、貂の皮こそは勇猛果敢な脇坂家の象徴にほかならない。

「はいや……っ」

黒鹿毛の腹を踵《かかと》で蹴《け》り、敵中へ怒濤《どとう》のごとく突進する。

波打つ敵の旗幟《きし》には、葵《あおい》の家紋が染めぬかれていた。

豊臣と徳川《とくがわ》が雌雄《しゆう》を決する小牧長久手《こまきながくて》の戦いか。

まずい。まずいぞ。わしは何をしておる。

何故、恩顧《おんこ》の徳川家を相手に闘っているのだ。

しかも、黒鹿毛に乗って長槍を振りまわしているのは、自分ではなかった。

六尺偉丈夫《いじょうふ》の大兵《だいひょう》は馬廻《うままわ》り衆に抜擢したばかりの若武者、毬谷慎十郎にまちがいなかろう。

「莫迦者、そっちは味方じゃ。徳川に突っこんでどうする」

夢のなかで叱責すると、耳許に別の声が響いた。

「殿、お気をしっかり」

眸子を開け、声の主を睨みつける。

鼻先に、豪右衛門の皺顔があった。

「殿、それがしのはなしを聞いておられましたか」

「はなしとは、川普請のことか」

「そちらは疾《と》うに済みました。毬谷慎十郎のはなしにござりまする」

「おう、あやつがどうした」

「でござりますから、御目付の鳥居さまより、当藩とどういう関わりのある者か問いあわせがございました。かの厄介者、何やら目付筋で目星をつけた罪人とおぼしき者のそばにおるとかで」

夢とうつつの狭間《はざま》を彷徨《さまよ》いつつ、安董は白い眉の豪右衛門に質《ただ》す。

「罪人とは」

「例の『戊戌夢物語』を著した疑いのある蘭方医にございります」

「それはまずいな」

幕政を暗に批判した『戊戌夢物語』は、幕閣を構成する重臣たちのあいだでも話題にのぼっている。不届きな内容にもかかわらず、なかなかにできがよく、幕臣や諸藩のあいだに写本が秘かに出まわっていることも取り沙汰されていた。

「水野《みずの》さま直々のお指図で、鳥居さまは動かれておいでゆえ、慎重に扱わねばならぬ一件にござりまする」

「たしかにな。されど、慎十郎のやつが関わっておるというのはまことなのか」

「それをたしかめるべく、当人を呼んでおりますが、お会いになられますか」

「あたりまえじゃ、会うにきまっておろう」

「されば、ただいま」

豪右衛門は、ぱんぱんと手を打った。

正面の襖障子《ふすましょうじ》が、すっと音もなく左右に開く。

畳のまんなかで、着流しの人物が平伏していた。

「慎十郎か」

褒美《ほうび》を貰《もら》った童子のように、安董は喜々として声を掛ける。

面識はあるので、気楽なものだ。素行不良で父親に勘当されたことも、藩籍を抜かれたことも忘れているかのようだった。脳裏にあるのは、黒天狗党の首魁を成敗した雄姿だけだ。ともあれ、安董が慎十郎を好いているのは、豪右衛門にもすぐにわかった。

「近う寄れ」

「はは」

慎十郎はすっと立ち、中腰で滑るように近づいてくる。

まるで、小山が動いたかのようだ。

安董は目を細めた。

「どうじゃ、武者修行のほうは」

「はっ、男谷精一郎どのに挑む機会を得ました」

「男谷精一郎と申せば、世に聞こえた直心影流の達人ではないか」

「いかにも」

「それで、どうなった」

「負けました。歯が立たぬとは、あのことにござります」

「ほっ、さようか」

安董は落胆もせず、負けた経緯《いきさつ》を詳しく聞きたい素振りをみせる。

すかさず、豪右衛門が横から口を挟んだ。

「殿、肝心なことをお忘れにござります」

「ん、何であったかな」

「『戊戌夢物語』の一件にござります」

「おう、そうであった。慎十郎、おぬし、罪人とおぼしき蘭方医のそばにおるそうじゃな」

「罪人かどうかはわかりかねますが、高野長英と申す蘭方医の用心棒を頼まれております」

「用心棒とな」

「はい」

「いったい、誰に頼まれたのじゃ」

「菰の重三郎と申す闇の元締めにござります。これがなかなか俠気に厚い御仁で、聞けばこの三月足らずのうちに三人の蘭学者が辻斬りにあったとか。それゆえ、かねてより懇意にされておる高野長英どのの身を案じ、それがしに用心棒の依頼を。元締めには何度か馳走してもらった恩義もあるゆえ、断るわけにもまいりませぬ」

「ふふ、おもしろい」

眸子を輝かせる安董を、豪右衛門が叱責する。

「殿、おもしろくも何ともござりませぬぞ。このろくでなしの阿呆は、得体の知れぬ相手から頼まれ、罪人とおぼしき者の用心棒をやらされておるのでござります。まんがいちのことでもあれば、当藩や殿も迷惑をこうむるやもしれませぬ。藩籍から外れたとは申せ、こやつは読売にも載ったほどの有名人。黒天狗党の首魁を葬って以来、幕臣のなかにはわが藩の隠密なのではないかと疑う者すらおりますゆえ、わが藩とはいっさい関わりないと捨ておくわけにもまいりませぬ」

「ご家老、聞き捨てにできませぬな」

慎十郎は声を張り、真横に膝《ひざ》を向けた。

「高野長英どのがいったい、どのような罪を犯したと仰るのです」

「おぬしなんぞに説くのも癪《しゃく》に障《さわ》るが、耳の穴をかっぽじってよく聞いておけ」

一昨年の夏、米国籍の商船モリソン号が、突如、七人の日本人漂流民を乗せて浦賀《うらが》沖へやってきた。幕府は異国船打払令《いこくせんうちはらいれい》に基づき、これを砲撃して退去させたのだが、そのやり口を陰で批難する者たちがおり、なかでも長英が著したとされる『戊戌夢物語』は有識者のあいだで回覧されるほどの影響力を持っていた。

書には異国の交易要求を拒むことの難しさが綴《つづ》られ、夢に登場する賢人とのやりとりを借りて、異国船への砲撃がいかに無謀であるかを説いている。幕府の異国政策を批判する内容だけに、幕政の舵《かじ》を握る水野越前守忠邦《えちぜんのかみただくに》としては見逃すわけにいかなかった。

同じ立場の老中として、安董も高みの見物をしていることは許されない。

ただ、一方では、異国船がわが国の近海へ頻繁《ひんぱん》に訪れる情勢下、異国船打払令を見直すべき時期もきているとおもっている。ある程度の批判には耳をかたむけるべき度量を持つべきだという持論から、わずかな批判の芽も摘みとらねばならぬと四角四面に主張する水野とは一線を画していた。

主君の心情を知ってか知らずか、豪右衛門は激しい口調でつづける。

「幕府への批判を口にする連中は、ひとくくりに蛮社《ばんしゃ》と揶揄《やゆ》されておる。蛮社の急先鋒《きゅうせんぽう》こそ、おぬしが守ろうとしておる蘭方医かもしれぬのじゃ」

「それで、拙者にどうせよと」

「即刻、高野とか申す蘭方医のもとを離れよ。さもないと、取り返しのつかぬことになるぞ」

「できませぬ」

「えっ」

豪右衛門は、入れ歯を外しかけた。

「おぬし、これは殿の御下命ぞ。殿の御前で、御下命に背くのか」

「たとい、御下命であろうとも、いったん引きうけたことを中途で投げだすわけにはまいりませぬ」

「わが殿ではなく、得体の知れぬ孤の何とやらに義理立ていたすと申すか」

「いかにも、それが武士のありようにござります」

「黙れ。おぬし、腹を切らせるぞ」

「笑止《しょうし》にござる。腹を切る理由など、何処にござりましょう。何せ、それがしは藩籍を外れた浪人にござりますからな」

「ぬぐっ」

豪右衛門は拳《こぶし》を握って怒りに耐える。

慎十郎は胸を張った。

「おはなしは、それだけにござりますか。さればこれにて、お暇《いとま》させていただきとう存じます」

「こやつめ」

豪右衛門は片膝を立て、腰の脇差に手をやった。

「まあ待て」

安董が静かに制し、ゆったりはなしかけてくる。

「慎十郎よ、おぬしの言い分もわからぬではない。市井に暮らしておれば、義理に縛られることもあろう。よし、好きなようにするがよい」

「……ま、まことにござりますか」

「ああ、まことじゃ。目付づれの脅しに屈しておるようでは、武門で売ってきた脇坂家の名折れというもの。水野の越前が何を喚《わめ》こうとも、柳に風と受け流してくれる。それだけのことじゃ」

「さすが、殿にござります」

慎十郎は平伏した。

豪右衛門の歯軋《はぎし》りが聞こえてくる。

入れ歯がぼろぼろになりますぞと、胸の裡で忠告してやった。

「それと、もうひとつ」

安董は微笑《ほほえ》み、慎十郎に声を掛けてくる。

「豪右衛門も古希を過ぎておるのじゃ。あまり怒らせると、ぽっくり逝ってしまうぞ。少しは労《いたわ》ってやれ」

「はは」

温かい掌で包まれたような居心地の良さを感じながら、慎十郎は安董が退室したあとも平伏したままでいた。

五

二日後。

久方ぶりの快晴となった。

慎十郎は長英とともに、向柳原《むこうやなぎはら》の医学館までやってきた。

——とんてんかん。

槌《つち》の音が四方に響いている。

医学館の建物が一部損壊したので、大工たちが修理をおこなっていた。

わざわざ足労したのは、達五郎という大工を説得するためだ。

女房のおみのは、乳房を切除して「岩」を除かねば命を落とす。本人は五人の子供たちのためにも覚悟を決めたようだが、亭主の達五郎がどうしても首を縦に振らない。

そこで、長英みずから説得に当たるべく腰をあげたのだ。

他人を執拗《しつよう》にこきおろす嫌味な男が、患者のことになると別人に変わる。

それが慎十郎には不思議でたまらず、益々、長英から目が離せなくなった。

気づいてみれば、槌の音は止んでいる。

中食どきなので、達五郎は仲間たちと一休みしているところだった。

達五郎は棟梁《とうりょう》からの信頼が厚く、若手の面倒見がよいことでも知られていた。

丸みを帯びた柔和な顔は善人を絵に描《か》いたような印象だが、長英のすがたをみとめると顔つきが途端に険しくなった。

「先生、何度来られてもこたえはいっしょだ。おみのの乳房は切らせねえ」

「そいつはどうしてだ。理由を教えてくれ」

「言ったはずさ。女房のからだを膾《なます》に刻まれるのが耐えられねえとな」

「膾に刻むのではない。乳房の痼りに溜《た》まった膿《うみ》を除くのだ。漢方医が薬で散らそうとしても効果は期待できぬ。今のうちに膿を根こそぎ除かねば、毒がからだじゅうに蔓延《まんえん》して死にいたるのだぞ」

「そいつも聞いた」

「ならば、どうして決断せぬ。乳房ひとつと女房の命と、どちらが大切なのだ」

「そりゃ、命に決まってらあ。でもな、無理なんだよ」

達五郎は、ちらりと仲間のほうをみた。

老いた棟梁がひとりぽつんと佇み、横を向いて煙管《きせる》を燻《くゆ》らしている。

おそらく、医学館に恩義のある棟梁の手前、女房の命を蘭方医に委《ゆだ》ねる踏んぎりがつかぬのだろう。

長英にも、それくらいのことはわかっている。

木材に座る達五郎の膝には、曲げわっぱの箱が置いてあった。

「女房のつくった弁当か」

「ああ、そうだよ」

「卵焼きがあるな。贅沢《ぜいたく》なやつだ」

「晴れたらつくってくれるって、おみののやつが言ったのさ。父ちゃんにだけ食べさせるのかって、がきどもは羨ましがっていたぜ」

「その弁当、おぬしの鬢《びん》に霜が混じるまで、つくってもらえるぞ」

「えっ」

「わしのことを信じろ。渡世《とせい》の義理なんぞより、弁当をつくってくれる女房のことをおもえ」

達五郎は黙って俯《うつむ》き、目に涙を溜めた。

慎十郎は貰い泣きしそうになりながらも、踵を返す長英の背を追いかける。

患者や患者の家族が納得できるまで、精根尽くして説きつづける。蘭方医の矜持《きょうじ》をみたような気がして、長英を少しだけ好きになった。身を守ってほしいという重三郎の気持ちもわかってくる。

帰路は駿河台を抜け、濠端の護寺院《ごじいん》ヶ原《がはら》へ足を向けた。

長英は水辺で杜若《かきつばた》を何本か摘み、束にしてぶらさげる。

何をするのかとおもえば、一橋《ひとつばし》御門に近い空き地へ歩を進め、小さな石地蔵の祠《ほこら》に花束を手向けた。

「ここでな、友がひとり斬られたのさ」

あっとおもった。

先日、番町の法眼坂で目にした花は花菖蒲ではなく、杜若だったのかもしれない。

「もしや、あの花も」

「ああ、わしが手向けた。もうひとりが命を落としたのは、溜池《ためいけ》の桐畑だ」

おそらく、そちらにも花が手向けてあるのだろう。

「三人とも前途《ぜんと》洋々《ようよう》たる蘭方医だった。あのような死に方をするとは……許せぬ。とうてい、許すわけにはいかぬ」

怒りで震える長英のすがたは、他人を小莫迦にしたようないつもの態度とはかけ離れている。

「こやつは酒が好きでな」

長英は腰にぶらさげた徳利を外し、あらかじめ用意しておいた盃をお供えして酒をなみなみと注《つ》いだ。

慎十郎も両手を合わせ、しばらく風の音を聴きながら佇む。

ふたたび歩きだしたところへ、不穏な空気が流れてきた。

撫《な》で肩の人影がひとつ、草叢《くさむら》に立ちつくしている。

こちらをじっと睨んでいるのだが、深編笠《ふかあみがさ》をかぶっているので表情はわからない。

「もしや、辻斬りか」

長英は眦《まなじり》を吊《つ》りあげた。

無論、辻斬りではあるまい。
何らかの目途をもって、特定の誰かを葬《ほうむ》ろうとしている。
何者かに雇われた殺し屋、刺客と断じるべきであった。
「すわっ」
慎十郎は地を蹴った。
草叢へ飛びこみ、藤四郎吉光を抜きはなつ。
人影は間近だ。
「うりゃ……っ」
やにわに、一刀を浴びせた。
撫で肩の刺客は飛び退《の》き、編笠を投げつけてくる。
——ぎゅるん。
編笠が音を立て、顔面に襲いかかってきた。
「ぬわっ」
刀で払いあげる。
——きいん。
金音とともに、編笠が宙へ弾《はじ》けとんだ。

内側に刃が仕込んであったらしい。
「ふおっ」
面食らった鼻先へ、白刃が迫っていた。
——ひゅん。
平青眼からの突き、斎藤弥九郎が得意とする秘技に似ている。
飛鳥翔《ひちょうがけ》か。
「くっ」
頰《ほお》を裂かれた。
すかさず身を沈め、独楽《こま》のように回転する。
柳剛流《りゅうごう》の臑斬《すねぎ》りだ。
「はっ」
相手は二間（約三・六メートル）余りも跳躍し、大上段から斬りつけてくる。
慎十郎はこれを十字に受け、眼前に散る火花を食らった。
鍔迫《つばぜ》り合いとなれば、負ける気はしない。
気攻めに攻め、息が掛かるほど顔を近づけた。
刺客は髪も髭も薄く、目の細い狐《きつね》のような顔をしている。

「ぷはっ」

あと一押しというところで、巧みにすかされた。

相手は脇《わき》にまわりこみ、腹を剔《えぐ》りにかかる。

こちらも同時に、首筋を狙った。

水平斬りと袈裟懸《けさが》けが錯綜《さくそう》し、二刀は空を切る。

双方とも、死に身の間合いを本能で避けていた。

ここまではまったくの互角、慎十郎の息も荒い。

突如、相手は身を引き、糸巻きに巻かれるように遠ざかっていく。

「逃がすか」

追いかけようとして、石に躓《つまず》いた。

ざっと前方に転び、草叢から顔を出したときには、もう刺客の影は消えている。

「グローテ、グローテ」

後ろから、暢気な声が掛かってきた。

長英が笑いながら、のんびり近づいてくる。

慎十郎は尋ねた。

「何と言ったのだ」

「ふふ、教えてやらぬ。陽太郎にでも聞け」

「くそったれめ」

「菰の元締めが言ったとおり、おぬし、なかなか強いのう」

慎十郎は苦い顔で納刀し、頰に垂れた血を拭《ぬぐ》った。

「掠《かす》り傷だな」

長英は立木から葉をちぎって口に入れ、牛のように咀嚼《そしゃく》しはじめる。

そして、ぬっと顔を近づけ、ぺっ、ぺっと、傷口に唾《つば》を吐きかけた。

「うえっ、何をする」

「白膠木《ぬるで》の葉だ。血止めと殺菌の効果がある」

「むちゃくちゃ臭いぞ」

「我慢しろ」

耐えがたい臭《にお》いとともに、刺客を逃した口惜しさがじんわりと込みあげてくる。

「さあ、帰ろう」

命を狙われているのがわかったというのに、長英は平然とした顔で歩きだす。

慎十郎は「くそったれ」と大声で叫び、守るべき蘭方医の背中を追いかけた。

六

夕刻、練兵館へ足を延ばし、斎藤弥九郎に刺客の特徴を告げた。

どうせわかりっこないとおもいつつ尋ねたつもりが、意外にもあっさりこたえが返ってくる。

「撫で肩で狐顔の男ならば存じておるぞ。そやつはおそらく、大須賀源八《おおすがげんぱち》だ」

紀伊出身の剣客で、慎十郎と同じく雖井蛙《せいあ》流を修めているという。

同流の開祖は鳥取《とっとり》藩陪臣《ばいしん》の深尾角馬《ふかおかくま》、あらゆる流派の返し技のみを修得させ、必殺技を無にするという珍奇な流派だ。

「大須賀がわしを訪ねてきたのは、今から三年前のことだ。埃《ほこり》だらけで打飼いを背負っておった。長旅のすえに江戸へたどりつき、休みもせずに門を敲《たた》いたのだ。生真面目《きまじめ》な姿勢に感じ入り、わしは請われて『飛鳥翔』の形をみせた。一度きりだ。大須賀は深々と一礼し、それ以来、二度と訪ねてこなかった」

たった一度の短い来訪であったが、斎藤は礼儀正しい剣客のすがたを鮮やかにおぼえているという。

「おぬしが真剣で立ちあったというのも、何かの因縁であろう。されど、何故、あやつが刺客なんぞに堕《お》ちたのか。不遇を託《かこ》って江戸で過ごした三年の月日が、そうさせたと憶測するしかなかろうな」

斎藤に礼を言い、慎十郎は練兵館をあとにした。

番町の迷路をたどって麴町の診立所へ戻ってみると、何やら手伝いの者たちが忙しなく動いている。

歯抜け婆のおせいが身を寄せてきた。

「今から乳房を切るんだよ。おまえさんも手伝っておくれ」

「えっ、まことか」

急いで敷居をまたぐと、大工の達五郎が泣きそうな顔で立っている。

かたわらには、泣きべそを掻いた子どももたちもいた。

近所の嬶ぁに抱かれた乳飲み子は、火が付いたように泣いている。

慎十郎は達五郎に近づき、黙ってうなずいた。

「考えに考えて、やっぱし先生の言うとおりにしようと。嬶ぁの卵焼きが食えなくなったら、生きてても仕方ねえ。そうおもったもんで」

照れたように漏らす達五郎の肩を叩き、奥の部屋を覗いてみる。

台のうえに白い布が敷かれ、不安顔のおみのが寝かされていた。

長英が麻沸湯の用意をするかたわらで、若い陽太郎は小刀や鉗子《かんし》や鑷子《せっし》の支度を調えている。

経験の浅い陽太郎からは、緊張が伝わってきた。

「かたくなるな。術式はわかっておるのだ、案ずることはない」

「はい」

おせい婆が元気いっぱいに叫ぶ。

「先生、湯が沸きました」

「よし、はじめるぞ」

長英はおみのに優しくうなずきかけ、麻沸湯を飲ませる。

しばらくすると、おみのは眠りに落ちた。

「おみの、おみの」

達五郎が名を呼びながら飛びこんでくる。

これを慎十郎が受けとめた。

長英が叱《しか》りつける。

「莫迦野郎、亭主が狼狽《うろた》えてどうする。子供らと外で待っておれ」

「……は、はい」

　達五郎を外に出し、慎十郎は部屋に戻った。

　すでに、長英は小刀を握っている。

「よいか、麻沸湯の効き目は人によって差がある。小刀を入れた途端、覚醒《かくせい》することもあるから、おぬしらは手足を押さえつけてくれ」

　おせい婆は両脚を、慎十郎は両手を押さえるように命じられた。

　陽太郎は助手として、止血《しけつ》の処置などを手伝わねばならない。

　各々が所定の配置につくと、長英は小刀を入れた。

　白い乳房をすっと裂くや、黄色っぽい脂肪があらわれる。

「うっ」

　おみのが目を開けた。

　慎十郎は焦りながらも、両手をしっかり摑む。

　おみのの口には猿轡《さるぐつわ》が嚙まされていた。

　痛みに耐えかね、目尻から涙を流している。

　ばたつかせた脚に、おせい婆が枷《かせ》を掛けた。

　頼りになる婆だ。

それでも暴れようとするので、長英が一喝する。

「我慢しろ」

つぎの瞬間、おみのの全身から力が抜けた。

気を失ったのだ。

「麻沸湯が効きすぎても危うい。これくらいがちょうどよいのだ」

長英は平然とうそぶき、小刀で器用に切っていく。

額に滲んだ汗は、陽太郎がすぐに気づいて拭《ふ》いた。

「あったぞ」

やがて、奥のほうに患部がみえてくる。

血の量はさほどでないが、慎十郎はみていられなくなって顔を背けた。

「よし、こいつが岩だ。今、除いてやるからな」

長英が小刀を差しこむと、おみのが呻《うめ》いた。

「莫迦者、ちゃんと押さえておれ」

慎十郎は頭ごなしに叱責され、腕に力を込める。

しばらく顔を背けたまま、じっとしていた。

「終わったぞ」

長英のことばが、耳に飛びこんでくる。

陽太郎が傷口を縫いあわせているところだ。

真鍮《しんちゅう》の平皿には、血にまみれた塊《かたまり》が載せられていた。

「これが岩だ。これさえ除けば、もう心配いらぬ」

達五郎と子供たちが飛びこんできた。

「先生、どうなんだ。おみのは助かったのか」

「安心しろ。また弁当をつくってもらえるぞ」

「そうか。ありがとう、ありがとう、先生」

達五郎は長英に縋りつき、泣きながら床に両膝をつく。

おみのが薄目を開けた。

「……あ、あんた」

子供たちが反応し、一斉に歓声をあげる。

「父ちゃん、母ちゃんが目を覚ましたよ」

「おっ、そうか。おみの、胸は痛くねえのか」

「……い、痛いよ、とってもね。でも、それが生きているって証拠《あかし》だよ」

「ああ、そうだ。おめえの言うとおりだ」

みなで喜びを分かちあっていると、何やら外が騒がしくなった。

慎十郎が土間へ出てみると、茶筅髷の連中が何人か立っている。

医学館の漢方医たちだ。

ひとりはみおぼえがある。山田順庵という提灯持ちにちがいない。

そして、後ろに控えた偉そうな人物は、おそらく、利根川周徳なる権威であろう。

山田が吠えた。

「高野長英、利根川周徳先生をお連れしたぞ。出てこぬか」

長英が奥からのっそり顔を出す。

「ほう、これは利根川先生、わざわざお出ましいただくとは何事でしょうか」

「長英よ、やってくれたな」

利根川は重厚な声で、脅しつけるように言った。

「公儀の許しを得たのか」

「いいえ。町奉行所へ外科手術を申しいれても、どうせ許しは貰えませぬ。何せ、認否の鍵《かぎ》を握っているのは、あんたら、医学館のお偉方ですからな」

「黙れ。おぬしは公儀の許しもなく、患者のからだを刃物で切った。後日、町奉行所から何らかの沙汰が下されよう」

「それを仰りに来られたのですか。医学館の方々は、ずいぶんお暇なのですな」

利根川は怒りを抑え、冷静に問うてくる。

「それで、患者はどうなったのだ」

「ご期待どおり、手術は無事に成功いたしました」

「さようか」

「はい」

利根川は踵をかえしかけ、もう一度振りかえる。

「長英よ、勘違いいたすな。わしとて、患者を救いたい気持ちは同じだ。ただな、日の本においては漢方こそが医術の礎なのだ。それを忘れるでない。一国を統《す》べるには秩序が必要なのだ。秩序無き国は滅びる。それは自明の理であろうが」

長英は眸子を怒らせ、突如、歯を剝《む》きだして吐きすてる。

「何が秩序だ。ひとひとりの命が救えずして、国ひとつ救うことができようか。さあ、出ていけ。二度とその敷居をまたぐでないぞ」

医学館の連中は渋面をつくり、逃げるように居なくなった。

「先生、よく仰って下さいました」

陽太郎が興奮で顔を真っ赤に染めた。

おせい婆も溜飲《りゅういん》を下げたような表情をしている。

女房を救ってもらった達五郎も、われを忘れて喝采《かっさい》を送った。

長英は満面の笑みでみなに応じ、照れたように部屋へ引っこむ。

慎十郎は骨太な蘭方医を通じて、武士の精神を覗いたようにおもった。

七

五日後、皐月十三日。

小石川伝通院《こいしかわでんずういん》へとつづく安藤《あんどう》坂に、霧のような雨が降っている。

慎十郎は長英の背につづき、雨に濡れながら歩いていた。

かたわらには、若い陽太郎が控えている。

おみのの手術以来、長英や陽太郎との親密さは確実に増していた。ことに、陽太郎は同い年なのに弟のように感じられ、剣術の技をひとつ教える代わりに蘭語を教わるなどしていた。

「空はヘメル、鳥はボゲル、お天道さまはゾン、晴れはヘルデウィア、雨はレゲン」

陽太郎は唄《うた》うように口ずさみ、それが耳に心地よい。

ついでに、長英が口にした「グローテ」ということばの意味も教えてもらった。

「あっぱれですよ」

「なるほど、あっぱれか」

「はい」

朗《ほが》らかに笑う陽太郎といっしょに土手道を散策するのが、慎十郎にとっては楽しみとなった。

長英はそんなふたりの仲睦《なかむつ》まじい様子に目を細め、尚歯会の集まりに誘ってくれた。集まりはいつも同じ場所で催されるわけでなく、近頃は小石川近辺が多いという。

「理由は田原藩の下屋敷がそばにあるからだ」

と、長英は言った。

田原藩の家老をつとめる渡辺崋山は尚歯会の中心人物であり、藩の公金で蘭学書を何冊も購入し、長英や陽太郎に和解を任せている。優秀な人材が集まるのは崋山の人徳に拠《よ》るところも大きく、今や、尚歯会は江戸でもっとも諸外国の情勢に明るい集まりと目されており、一時は水野忠邦も助言を得ようとしていたほどであった。

三人は小石川伝通院の南西から、西へ延びる三百坂《さんびやく》を下っていった。

このまま坂下へ進めば、右手に常陸国府中藩《ひたちのくにふちゅう》を治める松平播磨守《はりまのかみ》の上屋敷がみえてくる。同藩の下士たちは裃《かみしも》で藩主に目見《めみ》得したあと、装いを替えて登城行列に加わらねばならず、遅れると三百文の罰金が科される。それが三百坂の由来らしかった。

坂下通りの左手には、家康の生母於大《おだい》の方が荼毘に付された智香寺《ちこうじ》がある。門前を左手に進めば切支丹屋敷の跡地があり、そのさきの大下水を渡って左手の火之番町に田原藩三宅家の下屋敷があった。

下屋敷までの道順は、慎十郎も切絵図で確かめてきた。

おもしろいのは、三宅屋敷に隣接して林大学頭《はやしだいがくのかみ》の下屋敷が建っていることだ。幕府の御用儒者である林家は、蘭学嫌いとして知られる目付鳥居耀蔵の実家にほかならなかった。

長英を張りこんでいた猫背の男は、このところすがたをみかけない。

だが、鳥居の息が掛かった者であることはあきらかだし、鳥居が長英を見張らせる理由もわかっていた。

長英本人に見張りのことを尋ねたこともある。

「公儀から警戒されているのは知っている。されど、悪いことをしたおぼえはないのでな、捕まっても申しひらきはできる」

と、長英はこたえた。

一方、刺客についてては、まったく身におぼえがないという。

護寺院ヶ原で襲われて以来、刺客の影は消えたままだった。

三人は三百坂を下り、智香寺の門前にある鰻《うなぎ》屋の暖簾《のれん》を分けた。

看板は鰻屋だが、今の時期は旬の穴子《あなご》を食わせてくれるらしい。

鰻屋の二階は広間になっており、尚歯会の面々が集まっていた。

年齢と身分はまちまちだが、いずれも利口そうな顔つきをしており、世の中の動きが知りたくてうずうずしている様子が窺えた。

長英は何人かと挨拶を交わしつつ、渡辺崋山のすがたを探す。

だが、崋山は来ておらず、替わりに白髪の老侍がやってきた。

「尚歯会を主宰なさるおひとりで、小杉宗仁《こすぎそうじん》さまだ」

長英に紹介され、慎十郎はぺこりとお辞儀をする。

「ほう、おぬしが噂の用心棒か」

噂の出元は知らぬが、小杉は興味深そうにみつめてくる。

ついでに、でっぷり肥えた商人を紹介された。

「手前は遠州屋次郎左衛門《えんしゅうやじろうざえもん》と申します」

海運業から大名貸まで手広く商売をしている商人で、どうやら、尚歯会の有力な後ろ盾らしかった。

「会でも噂になっておりますぞ。長英先生が腕っこきの番犬を飼われたと。おっとご無礼を。うっかり、口が滑りました。それにしても、ずいぶんとお若い。播州随一の手練《てだれ》と聞いておりましたもので、もっとお年を召しておられるのかと。ふっ、ふはは」

眼前で腹を突きだして嗤う男は好きになれない。

慎十郎が無視をきめこむと、小杉と遠州屋は静かに離れ、隅のほうで密談をしはじめる。

長英が囁《ささや》きかけてきた。

「小杉さまは御三家に仕えたほどの儒者だが、蘭学への理解も深い。わしは尚歯会のおかげですばらしい知己を得た。ことに、渡辺崋山さまとの出会いはありがたく、いくら感謝しても足りぬほどだ」

横柄な蘭方医にしては殊勝《しゅしょう》なことを言う。

「ただな、遠州屋と知りあってから、小杉さまは少し人が変わられた。尊大に構えて他人の意見をあまり聞かず、主張の強い渡辺さまや渡辺さまを信奉する者たちを遠ざけるようになられた。遠州屋は阿漕《あこぎ》な商売でのしあがった男だ。腹黒いやつゆえ、小杉さまに取りいって何かを企んでおるのだろう。されど、打ち出の小槌《こづち》だけに、誰も出ていけとは言えぬのさ」

狭い集まりのなかにも、争いの芽は潜んでいるようだ。

ともあれ、待ち人の渡辺崋山はあらわれる気配もなく、しばらくして三人は鰻屋をあとにした。

雨はすっかり上がっている。

立木の葉に転がる雨の雫《しずく》が、粒となって落ちるのを目に留めた。

来た道を戻るべく三百坂を上り、伝通院の脇から安藤坂に差しかかる。

さきほどから背後に、怪しい者の気配がまとわりついていた。

長英と陽太郎も察したらしく、自然と足早になる。

ふと、長英が立ちどまり、こちらに顔を向けた。

「尾《つ》けられておるようだ。おぬし、ちと追っ払ってきてくれぬか」

「かしこまった」

慎十郎は踵を返し、坂道を戻っていく。

辻陰《つじかげ》に隠れていたのは、猫背の男だった。

「目付の間者め」

横道に逃げる男を追い、前歯を剝きながら駆けていく。

ひとつさきの四つ辻を曲がり、慎十郎は足を止めた。

何と、捕り方装束の連中が大勢で待ちかまえている。

「御用だ、神妙にいたせ」

黒羽織の同心に十手を突きつけられ、おもわず後退《あとじさ》った。

だが、背後にも三つ道具を持った小者たちが控えている。

「くふふ、挟み撃ちじゃ。罠《わな》に掛かったな」

暗がりから、猫背の男がすがたをみせた。

「播州浪人、毬谷慎十郎。おとなしく、縛《ばく》につけ」

「罪状は、罪状を申せ」

「辻斬りじゃ。蘭学者三人を殺めたであろう」

「莫迦を申すな」

「逃げられぬぞ。みた者がおるからな」

「誰だ」

「素姓のしっかりした者さ」

頭が混乱してきた。

何故、こんなことになるのか。

慎十郎は吼《ほ》えた。

「おぬし、目付の配下であろう。名を教えろ」

「莫迦め、罪人に名を教えるはずがあるまい」

「おぬし、高野長英どのを張りこんでおったのではないのか。何故、わしに縄を打つ」

「黙れ、余計な詮索《せんさく》をいたすでない」

余計な詮索をさせぬために、長英から切り離されたのかもしれない。

蘭方医殺しの濡《ぬ》れ衣《ぎぬ》を着せたのは、町奉行所の捕り方を動員するためだろう。

しかし、今ここであれこれ憶測してもはじまらない。

「抗えば、謀反人《むほんにん》とみなすぞ」

猫背の男は大仰な台詞を吐いた。

謀反人にでも何でも、でっちあげるのは簡単なはなしだ。

殺しの濡れ衣は晴れても、別の罪で裁かれる危うさも孕《はら》んでいる。

ここは大人しく縛につき、白洲で堂々と申しひらきをするしかあるまい。

慎十郎は覚悟を決め、抗うこともなく捕まった。

八

夕暮れになり、また、雨が降ってきた。

小伝馬町《こでんま》の牢屋敷は、南西に表門がある。

五十間（約九十メートル）四方の広大な敷地は、忍び返しのついた高さ七尺八寸の練塀で囲まれ、塀の外はぐるりと堀で囲まれていた。

堀には石橋が架けられ、うなだれた罪人たちが引かれていく。

慎十郎も後ろ手に縛られたまま、石橋を渡りはじめた。

印縄と称し、縄の色で懸かりが区別されているらしい。北町奉行所は白、南町奉行所は紺であり、慎十郎の縄は白なので、随行する同心たちは北町奉行所の連中だろう。

猫背の男も随行を許されている。

廻《まわ》り同心から「花沢《はなざわ》さま」と呼ばれていたので、苗字だけはわかった。

「牢入りぃ」

表門の外で物乞いが触れこむと、牢屋内が色めきだつ。

表門を潜ると正面に穿鑿所《せんさくじょ》があり、牢屋同心や下役たちが「広間」と呼ぶ玄関から飛びだしてきた。

右手は高い塀で仕切られ、塀の向こうには牢屋同心たちの組屋敷が並んでいる。さらに、右端の広い一角には、牢屋奉行である石出帯刀《いしでたてわき》の役宅が建っていた。

建物の配置は、笞打ちの刑に処せられたときに囚人たちから聞いている。

敷地の東南隅が死罪場で、様斬《ためしぎ》りをするところもあり、死罪場の手前には帳面蔵や米蔵が並んでいた。死罪場の左隣は百姓牢で、身分の高い武士を幽閉する揚座敷《あがりざしき》が並び、女牢《おんなろう》や溜《ため》と呼ぶ病棟も建っている。

そして、無宿人などを押しこめる牢屋は敷地の北西面に沿って軒を並べ、表門を起点に遠いほうから東二間牢、東大牢、東奥揚屋、東口揚屋、張番所と当番所を挟んで、西口揚屋、西奥揚屋、西大牢、西二間牢とつづく。

二間牢は無宿人、大牢は町人、揚屋は侍のなかでも身分の低い御家人や陪臣などといった区別があった。牢屋敷側には、囚人たちに敬遠される拷問《ごうもん》蔵と改番所もある。

慎十郎は小者に縄尻を取られ、牢庭火之番所のまえへ連れていかれた。

先客があり、町奉行所の役人と牢屋役人とのあいだで入牢《じゆろう》証文の取りかわしがおこなわれている。

「北町奉行所鈴木《すずき》三郎《さぶろう》懸かり、越州《えつしゅう》無宿、金八《きんぱち》二十七歳、罪状水茶屋より盗み二両二分、これに相違ないか」

気の弱そうな罪人が低声で返事をすると、厳《いか》つい鍵役同心が「相違なく確かに受けとる」と返事をし、町奉行所の役人たちは御役御免となった。

つぎは慎十郎の番だ。

北町奉行所の別の同心が入牢証文らしきものを牢屋側の鍵役同心に手渡し、一方、花沢と呼ばれた猫背の目付配下は、鍵役同心に何やら耳打ちをする。

鍵役同心はうなずき、入牢証文から目を離した。

「播州無宿、権兵衛《ごんべえ》二十一歳、これに相違ないか」

慎十郎はおもわず、後ろをみた。

縛られた罪人は自分以外にいない。

「わしのことか」

「たわけ、おぬしのことじゃ」

殺しの下手人でもなく、端金《はしたがね》を盗んだ名無しの権兵衛にさせられたらしい。

入牢証文などないのだ。目付筋の意のままに連れてこられ、町奉行所の役人も牢屋側の役人も黙認しようとしている。

慎十郎が返事もしないのに、鍵役同心は「相違なく確かに受けとる」と返答した。

御役御免となった町奉行所の連中は、安堵した顔でいなくなる。

ついでに、花沢も嘲るような笑みを残して消えた。

慎十郎は金八という罪人とともに、牢舎のほうへ連れていかれた。

薄暗い牢舎は格子ではなく、縦に細かく組まれた柱で仕切られ、内鞘《うちざや》と外鞘《そとざや》のあいだには長い廊下が通っている。

ふたりが連れてこられたのは、表口からもっとも遠い東二間牢であった。

本来なら待遇のましな揚屋に入牢できるはずなのに、慎十郎は何故か荒っぽい罪人の集まる無宿牢へ入れられることになった。

おそらく、それこそが花沢の狙いだったにちがいない。

無宿牢の罪人たちに牙《きば》を抜かれるか、ことによったら殺させてもよいと考えているのだ。そうでなければ、牢屋側の役人たちに武士の身分を告げたはずだった。

引渡しの確認には牢屋同心、下役、鍵役、張番などといった連中が立ちあう。

「衣類改めをおこなう」

鍵役の指図で張番が縄を解き、慎十郎と金八は身ぐるみすべてを剝《は》がされた。

「御牢内、御法度の品これあり、まず金銀、刃物、書物、火道具類はあいならぬぞ」

厳しい声で叱責する鍵役の声に、金八はぶるぶる震えだす。

地獄の沙汰も金次第、牢内では蔓《つる》と呼ぶ金銭を持ちこまないと、密殺《みっさつ》されかねない。それゆえ、役人たちにしらを切ってでも持ちこむのが常套《じょうとう》と言われている。にもかかわらず、金八は鍵役に「持参していたら差しだせ」と再度命じられ、襟の内に縫いこんであった小粒を手渡してしまった。

「不届き者め」

鍵役は金銭の隠蔽《いんぺい》を咎《とが》め、牢内へ声を掛ける。

「二間牢」

「へい」

野太い声の返事があった。

悪名高き牢名主であろう。

「牢入りがふたりある。ひとりは金八、ひとりは権兵衛、いずれも罪状は盗み」

「おありがとう存じます」

闇の底から響く声を聞き、金八は歯の根も合わせられぬほど震えている。

そして、着物、下帯、草履、帯などを丸めて抱え、素っ裸で三尺の留口から牢内へ入れられた。

「さあ来い」

牢内では威勢のよい声があがり、金八は囚人たちに引きずられていく。

慎十郎も素っ裸のままで着物を抱え、狭い留口のなかへ押しこまれる。

「さあ来い」

いくつも手が伸び、冷たい床のうえを引きずられていった。

おもしろそうなので、しばらく成りゆきに任せてみる。

「ひっ、おやめください」

金八はきめ板で尻を叩かれ、泣き叫んでいた。

慎十郎もその隣で四つん這《ば》いにさせられる。

――ばしっ。

分厚い板で尻を叩かれた。

腹は立つが、もう少し我慢しよう。

「蔓はどうした」

五分《ごぶ》月代《さかやき》の囚人に聞かれ、金八がこたえる。

「……あ、ありません」

「嘘《うそ》を申すな。呑みこんでおるなら、糞《くそ》をしろ。目笊《めざる》で漉《こ》して、みつけてくれようぞ」

「……お、お役人に渡しちめえやした」

「けっ、莫迦なことを。そっちのでけえのはどうだ。蔓は持ってきたんだろうな」

「そんなものはない」

「何だと。お頭、こいつら、蔓を鐚《びた》一文も持っておりやせん」

「よし、背割りじゃ」

背中をきめ板で叩かれ、腫《は》れた傷口に糠味噌樽《ぬかみそだる》の上澄みを擦《こす》りつけられた。

「ひえっ」

金八はあまりの痛さに悲鳴をあげ、仕舞いには失神してしまう。

囚人が顔に平手打ちを浴びせると、どうにか覚醒した。

一方、慎十郎は何をされても平然としている。

怒りを溜めこむ様子は、暗がりでよくわからない。牢に入れられた以上、観念しているものと、囚人たちはおもいこんでいるのだ。

野太い声が掛かった。

「物相飯《もっそうめし》を、山盛りで食わしてやれ」

「へい」

牢の隅は落間になっており、雪隠《せっちん》がある。

雪隠のそばには「つめの隠居」が座っており、差渡《さしわたし》三寸の飯椀ふたつに大便を盛って運んできた。

「一番役の兄貴、お膳《ぜん》ができました」

「よし、持ってこい」

正座させられた面前に、物相飯が置かれた。

文字どおり、臭い飯だ。

「神妙にいただけ。遠慮するとお代わりをつけるぞ」

と、五分月代の一番役が脅しつけてきた。

瞼《まぶた》を腫らした金八は、しくしく泣いている。

慎十郎は、ふいに顔を持ちあげた。

「糞は食うものじゃない。畠《はたけ》に撒《ま》くものであろうが」

「ん、何だとこいつ」

撲《なぐ》りかかろうとする一番役の手首を摑み、ひょいと捻ってやった。

「うえっ」

一番役は床にひっくり返る。

と同時に、周囲が色めきだった。

左右から囚人が撲《なぐ》りかかってくる。

だが、慎十郎の相手ではない。

「おめえら、退《ど》け」

堆《うずたか》く積まれた畳のうえから、野太い声が掛かった。

牢名主が、のっそり降りてくる。

慎十郎よりも図体が大きい。

臼《うす》のようなからだつきの巨漢だった。

「権兵衛とか抜かしたな。おれは鬼瓦《おにがわら》の吉三《きちぞう》だ。通称、鬼吉《おにきち》さまよ」

なるほど、顔は鬼瓦に似ている。

「勧進相撲《かんじんずもう》で関脇《せきわけ》を張ったこともあるんだぜ」

「それがどうした」

「ほっ、恐かねえのか。この牢には五十からの囚人がいる。人を殺めるのが平気な連中もひとりやふたりじゃねえ。そいつらすべてを敵にまわす根性があんのか」

「牢名主のおぬしを倒せばよいのだろう」

「ふふ、そういうこった」

鬼吉は、どすん、どすんと四股《しこ》を踏みはじめた。

「八卦《はっけ》よい」

つめの隠居が叫ぶ。

「しゃ……っ」

鬼吉が頭から突っこんできた。

これを組みとめるや、背後の壁まで吹っ飛ばされる。

頭を強く打ち、気が遠くなりかけた。

「ぶへへ、口ほどにもねえ野郎だぜ」

慎十郎は頭を左右に振り、猛然と立ちあがる。

「おっ、立ったな」

「でかぶつめ、その程度か」

「何だと。こんどは手加減しねえ」

ふたたび、鬼吉が突進してくる。

慎十郎は絶妙の機を捉《とら》え、すっと身を躱《かわ》した。

躱しながら鬼吉の腕を取り、腰に乗せて投げつける。

柔術の払い腰であった。

——どしゃっ。

床が抜けるほどの振動とともに、埃が濛々《もうもう》と舞いあがる。

鬼吉は起きあがり、着物の襟を直した。

「おれを本気で怒らせたようだな。おめえ、死ぬぞ」

「ふふ、上等だ。やってみろ」

「ぬおっ」

鬼吉が頭から突っこんできた。

右手で張り手を見舞ってくる。

――ばしっ。

まともに食らい、鼻血が吹きだした。

胴に抱きつかれ、鯖《さば》折りの体勢に持ちこまれる。

爪先《つまさき》が両方とも宙に浮き、肋骨《ろっこつ》が軋《きし》みだした。

「くっ」

息ができない。

耳には囚人たちの歓声が聞こえてくる。

これだけ騒いでいるのに、鞘に鍵役同心はあらわれない。

牢名主の仕置きは、たとい囚人が命を落とそうとも、黙認されるのだ。

理不尽なはなしではないか。

腹の底から怒りが湧《わ》いてきた。

「ふわあああ」

雄叫《おたけ》びをあげ、火事場の莫迦力を発揮する。

両方の拳を固め、鬼吉の両耳に叩きつけた。

「ぬわっ」

鯖折りが解けるや、股間《こかん》に膝蹴りをくれてやる。

「うぐっ」

鬼吉は蹲《うずくま》った。

禿《は》げあがった後ろ頭に、慎十郎はどんと踵を落とす。

大蝦蟇のように床に潰れた鬼吉は、ぴくりとも動かなくなった。

勝負がはっきりすると、囚人たちは誰ひとり刃向かってこなくなる。

添役《そえやく》からはじまって、角役、一番役、二番役と、役付きの連中が順番に蔓を手にして近づいてきた。

「何のまねだ」

「へい、これが新しい牢名主さまへの礼儀なもので」

糞を食わせようとした一番役が、掌《てのひら》を返したように追従笑《ついしよう》いをする。

慎十郎は、堆く積まれた畳のうえに座らせられた。

居心地が悪いので、囚人たちに命じて床いっぱいに畳を並べさせる。

ついでに、蔓も囚人たちへ同じ金額ずつ分配した。

最初は戸惑っていた者たちも、嬉しそうに目を輝かせる。そして、今まで割を食っていた連中が、威張っていた役付きたちに嫌がらせをやりはじめた。なかでも鬼吉は酷《ひど》い扱いを受け、それこそ、糞の飯を食わされそうになる。

たまらず、慎十郎は声を荒らげた。

「やめろ、みんな仲良くするのだ」

牢入りの一日目は、とりあえず囚人たちに新しい秩序を与えて終わった。

九

翌朝から、牢内の暮らしがはじまった。

朝餉《あさげ》は五つ半（午前九時頃）、夕餉《ゆうげ》は七つ（午後四時頃）ときまっており、二度の飯を中心に長い一日を過ごす。石出帯刀立ちあいの牢内改めは七日に一度、風呂《ふろ》は二十日に一度、月代剃《さかやきぞ》りと結髪は年に一度と決まっていた。毎日誰かしらが吟味や仕置きに呼びだされ、そのまま帰ってこない四人もあった。

牢名主はただ威張って座っていればよいわけでなく、牢屋同心との繋ぎ役を果たさねばならない。それゆえ、気心の知れた古参の者でなければ許されず、鬼吉にやってもらわねばならなかった。

ただし、畳を堆く積むことは許さない。牢名主以外の役はほかの者に交替させ、慎十郎なりに鬼吉一派の好きにさせない工夫をした。

おもしろいのは、蔓さえあれば何でも手に入れられることだ。針や糸から酒煙草《たばこ》、囲碁《いご》や将棋《しょうぎ》までのぞめば入手でき、酒一升でも大根一本でも一律に一分払わねばならない。とどのつまり、新入りたちから集めた蔓は牢役人を潤すためのものであり、残った金銭は牢名主が牢から出ていくときの餞別《せんべつ》になるらしかった。

ともあれ、牢内には独自の掟《おきて》がいくつもあった。

役人たちは畳が積まれていないことや役付きの顔ぶれが替わったことを不審におもったようだが、とりあえずは様子見をしている。

二日目の夜が過ぎて三日目の朝になっても、とりたてて何も起きなかった。

困ったのは、外の様子がまったくわからないことだ。

長英は無事でいるのか、それだけが心配だった。

「辻斬りの餌食になっていなければよいが」

そのことを考えると、眠りも浅くなる。

もちろん、捕り方に捕まったことに気づけば、何らかの手を打ってくれるはずだが、期待はできない。おそらく、権兵衛と名乗らされているかぎり、探しだすのは難しかろう。まさか、小伝馬町牢屋敷の二間牢に入れられているとはおもうまい。

鬼吉たちは、すっかりおとなしくなっている。

だが、三日目の晩に異変が起こった。

まず、ともに入牢した金八が作《さく》づくりに遭った。

濡れた紙で顔を覆われ、窒息《ちっそく》させられたのだ。

魔の手は慎十郎にも迫った。

鬼吉たちは、機を窺っていたのである。

やり方は、金八とちがっていた。

禁じられている刃物も使わず、大きな糠味噌樽を使う。

頭から逆さに押しこみ、溺《おぼ》れさせようという魂胆だった。

「それ、やっちまえ」

突如、暗闇のなかに何人もの囚人が蠢《うごめ》いた。

大勢に手足を摑まれ、首まで絞められ、一気に隅まで連れていかれる。

仕上げは力自慢の鬼吉の手で逆さに抱えられ、まんまと糠味噌樽のなかへ押しこまれた。

だが、慎十郎の暴れ方は半端ではない。

糠味噌樽に浸《つ》かったまま横倒しになり、牢内じゅうを汚した。

樽からどうにか這《は》いだすと、鬼吉たちが囲んでくる。

「ちくしょう、殺《や》ってやる」

鬼吉は匕首《あいくち》を握っていた。

乾分たちも一斉に匕首を抜きはなつ。

慎十郎はこのとき、金八の屍骸に気づいた。

気の弱いこそ泥は、ずっと頼りにしてくれたのだ。

「おぬしら、金八を殺めたのか」

「へへ、虫螻《むしけら》だぜ。死んで当然だろうが」

鬼吉は嘲笑《ちようしよう》し、汚れた爪先を躙《にじ》りよせてくる。

「へへ、おめえを殺ってもいいと言われているんだぜ」

「花沢とかいう目付の密偵に命じられたのか」

「ご想像に任せるよ」

「やめておけ。わしは今、はらわたが煮えくりかえっておる。どうなっても知らぬぞ」

「しゃらくせえ」

一番役が吠え、脇から突きかかってきた。

すっと身を躱《かわ》し、拳骨を顔面にぶちあてる。

骨の折れる鈍い音がして、一番役は昏倒《こんとう》した。

さらに、二番役が突きかかってきた。

足の甲で頬を蹴りつけ、顔のかたちを変えてしまう。

「こんにゃろ」

鬼吉が突っかけてきた。

——ばすっ。

着物の裾を切らせ、そのまま太い腕を搦《から》めとる。

搦めとった勢いのまま、伸びきった腕を膝のうえに落とした。

「ぐえっ」

鬼吉の腕が、あらぬ方向にねじ曲がっている。

騒ぎを聞きつけ、ようやく、鍵役同心が駆けつけてきた。

慎十郎は仁王立ちになり、壁が震えるほどの大音声を張りあげる。

「わしは龍野藩元藩士、毬谷慎十郎じゃ。目付筋から蘭方医殺しの濡れ衣を着せられ、縄を打たれた。本来なら、揚屋に入れるところであろうが、何をまちがえたか、こそ泥扱いされて二間牢へ入れられた。二間牢も飽きたゆえ、そろそろ、ここから出してもらえぬか」

「無礼者、何を抜かす」

鍵役は六尺棒を柱の隙間《すきま》に捻《ね》じいれ、胸を突いてこようとする。

慎十郎は六尺棒を摑み、鍵役を睨みつけた。

「粗略に扱うと、あとで痛い目をみるぞ」

「うるさい。それ以上、でかい声を出すな」

そこへ、後ろから立派な着物の人物があらわれた。

「石出帯刀である」

名乗りをあげた途端、囚人たちが平伏した。

うらなり顔の牢屋奉行は、後ろに誰かを引きつれている。

「あっ、友之進《とものしん》」

赤松豪右衛門の用人、石動《いするぎ》友之進にまちがいない。

二つ年上だが、幼馴染みのようなものだ。父の道場で鎬《しのぎ》を削った仲だし、咲に好意を寄せていることも知っている。

「来てくれたのか、友之進」

親しげに声を掛けても、友之進は目を合わせようとしない。

石出が問うた。

「石動どの、あの者に相違ございませぬか」

「相違ございませぬ。お骨折りいただき、かたじけのう存じます」

「何の、ご老中の脇坂さま直々の命なれば致し方ござらぬ。ただし、おたがい表沙汰《おもてざた》になっては何かと不都合ゆえ、このことは無かったことに」

「もちろんにござります」

汚れた牢内には臭気がたちこめ、怪我人《けがにん》たちが呻き声をあげている。屍骸も転がっていた。これらすべてを無かったことにすると言ってのけるとは、石出帯刀とはよほど胆《きも》の据わった男とおもわねばなるまい。あるいは、鈍感なだけなのか。

ともあれ、慎十郎は牢から出され、久方ぶりに外の空気を吸った。

夜空には星が瞬いている。

「空気が美味いな」

「おぬしが居ぬ間に、いろんなことがあったぞ」

友之進は一拍間を置き、声を押し殺した。

入牢した翌日の十四日、田原藩家老の渡辺崋山は捕えられた。罪状は反逆罪で、目付筋の捜索によって『慎機論』なる幕府への意見書がみつかったのだ。そのほか、海外へ渡航しようと企てた連中が一網打《いちもうだ》尽《じん》となり、渡辺はその者たちを焚きつけた罪にも問われているという。

「何だと」

「おぬしと同じだ。目付の得手とするでっちあげさ」

「それで、長英どのはどうした」

「雲隠れした。何せ、渡辺崋山とともに目付筋が狙っていた大物だからな。よく逃げられたものさ」

「もしや、おぬし、隠れたさきを知っているのではあるまいな」

友之進は、にやりと笑う。

「会いたければ、会わせてやってもよいぞ。御家老も、そう仰っていたからな」

「会わせろ。今すぐにだ」

慎十郎の横柄な態度に、友之進は辟易《へきえき》する。

ふたりは石出帯刀に暇乞いをし、牢屋敷から娑婆《しゃば》へ逃れていった。

十

柳橋《やなぎばし》から小舟を仕立てた。

薄暗い大川を突っ切り、対岸に沿って遡る。

友之進は足軽の家に生まれながらも、持ち前の利発さと剣の技倆《ぎりょう》を認められ、江戸家老直属の用人に抜擢された。出世を生きるよすがとし、出世のためなら情を殺して仕えてきたが、国許にひとり残してきた母のことが気懸かりだった。

慎十郎には何かと対抗心を燃やしていたが、今となってみれば過去のはなしだ。もはや、出世を競う相手ではない。にもかかわらず、慎十郎はどうしたわけか、藩主の安董から気に入られている。それが癪に障っているのか、後始末をさせられる役まわりに不満を抱いていた。

牢屋敷へ足を運んだのも、豪右衛門から「身柄を拾ってこい」と命じられたからだ。

「藩に知らせてくれた御仁が、蘭方医の高野長英どのだったのさ」

尚歯会からの帰路、慎十郎が行く方知れずになったのを心配し、長英と陽太郎が町じゅうを駆けずりまわってくれたらしかった。そして、慎十郎が小伝馬町の牢屋敷へ連れていかれたことを嗅《か》ぎつけ、伝手《つて》を頼って老中職にある脇坂家へ助けを求めてきたのだという。

ところが、今度は長英が追われる身となった。

それで慎十郎が助かったら訪ねてこられるようにと、豪右衛門に居場所を知らせていたのである。

「捕まって謀反人と断じられれば、重罪に処されるであろうな」

と、友之進は漏らす。

東涯が白々と明け初めるなか、小舟は寺島村《てらじま》の桟橋へ舳先を向けていった。

橋場の渡しと呼ばれるあたりだ。

川岸に白鷺《しらさぎ》が何羽も歩いている。

ふたりは陸にあがった。

白鬚《しらひげ》明神の北端を通りぬけ、松林や百花園《ひゃっかえん》を越えていく。

界隈は風光明媚《めいび》な遊山地で、見渡すかぎり田畑が広がっていた。

――つっぴい、つっぴいっ、つぴぴぴ。

雑木林で鳴いているのは、四十雀《しじゅうから》であろうか。

鎮守の森のそばに、ぽつんと茅葺《かやぶ》きの百姓屋が建っている。

「あそこだ」

友之進が指を差した。

近づいていくと、顔見知りの歯抜け婆が手を振ってくる。

「おせい婆さんか」

「ああ、手伝い婆の実家に匿《かくま》われておいでだ」

別れてさほども経っていないのに、一年ぶりに再会するような気分だ。

おせい婆さんに導かれて家にはいると、長英らしき人物が薄暗い囲炉裏のそばに座っていた。

「長英どの」

声を掛けると、ゆらりと顔を向ける。

ろくに飯を食べていないのか、異様なほどに窶《やつ》れていた。

髪も髭も伸び放題で、慎十郎とどちらが牢から戻ってきたのか区別もつかない。

「陽太郎がな、死んじまったのだ」

ぼそっと、長英はこぼした。

「えっ」

おもわず、慎十郎は膝から土間にくずれおちる。

「……ま、まことにござりますか」

「ああ、まことだ。わしの身代わりになって、刺客に斬られた。くそっ、何でわしが助かって、若い陽太郎が死なねばならぬのだ」

「いったい、誰が殺ったのですか」

「撫で肩の狐さ」

「……お、大須賀源八」

「護寺院ヶ原で、おぬしがやりあった相手にまちがいない。何せ、わしの面前で陽太郎は斬られたのだからな」

往診の帰りであったという。夕暮れの逢魔刻《おうまがとき》、人通りの多い麴町の往来での出来事だった。

慎十郎は拳を固め、大須賀源八の狐顔を脳裏に浮かべた。

「あきらかに、刺客はわしを狙ったのだ。陽太郎は咄嗟《とっさ》に防《ふせぎ》となってくれた」

刺客は袈裟懸けの一刀で陽太郎を斬ったあと、長英に二刀目を浴びせかけようとした。ところが、気づいた通行人たちが騒ぎたてたので、あきらめて逃げたらしかった。

「おそらく、三人の仲間を斬ったのと同じ男であろう」

「……い、いったい、誰がやらせたのだ」

嫌がらせをしてきた医学館の連中であろうか。

「わからぬ。雇った者の正体はな。ただ、刺客の目つきが尋常ではなかった。あれは獲物を狙う猛禽《もうきん》の目だ。きっと、目途を達するまであきらめようとすまい」

「目途とは」

「無論、わしを葬ることさ。もしかしたら、ここを探しあてるやもしれぬ。むしろ、そうしてもらえれば、ありがたい。本人に雇った者の名を聞けるかもしれぬからな」

慎十郎は、くいっと顔をあげる。

「仇《かたき》を討つおつもりか」

「あたりまえだ。こうみえても、武士の端くれでな、可愛《かわい》い弟子を殺められて黙っているわけにはいかぬ」

長英がいつもとは別人にみえた。

「おぬしさえおってくれれば、陽太郎は死なずに済んだ。かえすがえすも口惜しい」

長英は黙りこみ、手にした鉄箸《てつばし》で囲炉裏の灰に文字を書きだす。

慎十郎は立ちあがってそばに寄り、熾火《おきび》も消えた囲炉裏を覗きこんだ。

「それは」

「蘭語だ。陽太郎が言っておった。おぬしに教えたら、嬉しそうにしてくれたと。あいつは、おぬしのことが好きだった。いつも、このことばを口にしておった」

「何と読むのですか」

「グローテ。陽太郎は、おぬしのことをそう褒めておった」

「グローテ……あっぱれか」

「陽太郎の屍骸はおせい婆さんにお願いして、裏手の田圃《たんぼ》の片隅で荼毘に付させてもらった。仏壇に遺骨がある。線香の一本もあげてやってくれ」

長英はぐっとことばに詰まり、鉄箸を灰に突きたてる。

慎十郎は涙を拭きながら、仏間のほうへ進んだ。

線香をあげても、涙はおさまらない。

「陽太郎、陽太郎よ」

名を呼びかけるだけで、ほかに掛けることばもみつからなかった。

長英が背中にはなしかけてくる。

「渡辺崋山さまは捕えられ、仲間のひとりは自刃して果てた。ふふ、どうやら、わしらは公儀から蛮社と呼ばれておるらしい」

「蛮社」

豪右衛門もたしか、そのようなことばを漏らしていた。

「御目付の鳥居耀蔵は、実家が御用儒者の林家だ。蘭学を学ぶ者を目の敵にしておるのはわかっていたが、正直、ここまでやるとはおもわなかった。水野越前守の意向を汲んでのことだろうが、わしらを断罪する確たる理由はみつからぬ。つい先だってまでは、水野さまも尚歯会の意見に耳をかたむけておられたわけだし、わしに言わせれば、鳥居の勇み足といったところだ。口惜しいのは、蘭学嫌いの一重臣が抱く私怨《しえん》のせいで優秀な人材が根こそぎにされることだ。おかげで、この国は諸外国から五十年も百年も遅れをとることだろう。それが残念でたまらぬ。天下の重罪人は、鳥居耀蔵にほかならぬ。されど、もう何も言うまい。わしも決断せねばならぬ」

いったい、何を決断するというのか。

慎十郎は恐くなり、質すことができなかった。

十一

――ぽぽ、ぽぽぽ。

筒鳥の鳴き声で目が覚めた。

囲炉裏の自在鉤《じざいかぎ》に掛かった味噌汁の鍋《なべ》が、白い湯気をあげている。

床のうえに身を起こすと、長英はすでにいなくなっていた。

「行っちまったよ、先生は」

町奉行所へ向かったのだと、おせい婆は教えてくれた。

「何故、起こしてくれぬのだ」

慎十郎は吐きすて、急いで外へ飛びだした。

「半刻もまえのことだよ。おまえさんを起こすなって、先生は仰ったのさ」

おせい婆の声が、背中で虚しく響いている。

「ん」

田圃の畦道《あぜみち》を通って、人影がひとつ近づいてきた。

撫で肩の侍だ。

慎十郎は家に取って返し、帯に大小を捻じこんで戻った。

刺客とおぼしき大須賀源八は、家のすぐそばまで来ている。

「毬谷慎十郎か。小伝馬町の牢屋敷から、よう出てこられたな」

「知っておったのか」

「ああ、密訴したのは、このわしだからな」

「何だと」

「おぬしが的のそばにおっては、目途を遂げられぬ。それゆえ、目付筋に密訴してやった。おぬしに殺しの疑いが掛かるようにな」

「おかげで、糞を食らうところだったぞ」

「ふふ、わしは食ったことがある。町中でつまらぬ喧嘩沙汰に巻きこまれ、二間牢に入れられたのだ」

「まことか、それは」

「一年前のことさ。わしは腹を空かした野良犬だった。心の支えは、わずかに残った剣客の矜持だ。されど、牢屋敷で糞を食わされたら、矜持なんぞは泡沫《ほうまつ》のごとく消えちまった」

「それで、金次第で刀を抜く人斬りに堕ちたのか」

「さよう。金は人の心を変える。偉そうなことをほざいても、人はかならず金に転ぶ」

悲惨な目に遭ったあげく、そのことが身に沁みてわかったらしい。

「哀れな男だ」

「何とでも言え。ところで、高野長英はおらぬようだな」

「みずから縄を打たれにいったのさ」

「ちっ、ひと足ちがいか」

大須賀は吐きすて、こちらに背を向けようとする。

「待て。おぬしを雇った者の名を教えろ」

「何故だ」

「三好陽太郎の仇を討つ。おぬしを斬り、おぬしを雇った者にも引導《いんどう》を渡す」

「おもしろい。わしに勝つ気でおるとはな。よし、冥土《めいど》の土産《みやげ》に教えてやろう。雇い主の名は遠州屋次郎左衛門だ」

「えっ」

予想もしていなかった名だ。遠州屋は尚歯会の小杉宗仁に取り入り、小杉の幅広い人脈を利用して幕閣を司る諸大名への目見得を果たした。なかでも、水野忠邦とはかなり近しい仲になり、大名貸をおこなう約束まで取りつけたという。

「何故、おぬしに長英どのや蘭方医たちの命を狙わせたのだ」

きっかけは、遠州屋が偶さか尚歯会に出入りする蘭方医のひとりを見掛けたことだった。

「井村誠四郎《いむらせいしろう》という蘭方医が、遠州屋の過去を知っておった。遠州屋は長崎の出でな、以前は別の屋号で唐人相手にぼろい商売をしていた。抜け荷に手を染め、莫大な富を築いたのさ」

唐人のことばを巧みにはなす井村は重宝され、長崎で一時商売を手伝っていたことがあった。儲けのからくりを熟知しているので、黒い過去をばらされたら言い逃れは難しい。捕まれば重い罪に問われるのはわかっているので、密訴されぬためには井村を消すしかなかった。

大須賀が番町の法眼坂で最初に斬ったのが、井村誠四郎であったという。

遠州屋は疑心暗鬼になり、井村ばかりか、仲の良い蘭方医の面々や井村が師と慕う長英の口も封じてしまおうと考えた。

「おのれの利のために、蘭学者たちを殺めさせたと申すのか」

「利のためなら殺しも厭《いと》わぬ。悪党とはそういうものさ。わしとて同じだ。ひとりにつき五十両、四人殺れば二百両になる。となれば、躊躇《ちゆうちよ》する手はなかろう。もっとも、三好陽太郎とか申す若造のせいで、高野長英は逃したがな。まあ、儲《もう》けとしてはわるくあるまい」

「許せぬ」

慎十郎は腰の愛刀を抜きはなつ。

少し遅れて、大須賀も抜刀した。

「毬谷よ、おぬしも雖井蛙流を使うらしいな」

「ああ、使う」

「もとは何流を修めておったのだ」

「円明《えんめい》流だ。おぬしは」

「東軍《とうぐん》流よ」

雖井蛙流を使っても、いざとなれば、基礎となった流派の癖が出る。

したがって、修めた流派を知ることには大きな意味があった。

ふたりは相青眼に構えて対峙し、間合いを詰める。

突如、大須賀が右上段の八相に構えなおした。

「東軍流、微塵《みじん》の構えか」

「ようわかったな。微塵への返し技は」

「袈裟懸けの一刀を弾いて面を打つ、稲妻《いなずま》だ」

「さよう。雖井蛙流にはかならず、諸流派の秘技を無にする返し技がある。円明流の秘技は落露《らくろ》であったな」

「ふむ」

父の得意としていた技だ。

伝書には「いつのまにか葉の端に留まりたる露の落つるがごとく攻めるべし」とある。

父からは「留めて勝て」と教えられた。

勝つためには刀下の鬼となる覚悟をもたねばならず、相手の刀が落ちてくる刹那《せつな》におのずと繰りだされる「不識の剣」であるとも説かれた。

雖井蛙流には「落露」への返し技がない。

少なくとも、慎十郎は修得していなかった。

ゆえに、留めて勝つ「落露」を使えば勝つ公算は大きい。

が、この必殺技を父からきちんと伝授されたわけではなかった。

なぜなら、真剣勝負で死の淵《ふち》を覗いた者にしか繰りだせぬ技だからだ。

稽古によって骨法《こつ》は摑めても、それが通用するかどうかはわからない。通用しなければ、ばっさり斬られるだけのはなしだった。

「落露への返し技は知らぬ」

と、大須賀も言いはなつ。

「されど、どういう技かは知っておる。要は、おのが身を囮《おとり》にして、死に身の剣を繰りだす技だ。ふふ、さような技を繰りだすことができるのは、死に神くらいのものであろう」

父も「落露は死に神に憑かれた者が繰りだす技だ」と言っていた。

「おもえば、人の一生は落露のごときもの。わしもしかり、高野長英もしかり、いつ何時、葉の端から滑り落ちるとも知れぬ。ふふ、円明流の名高き秘技、おぬしのごとき若造には使えまい。はっ」

大須賀は土を蹴り、敢然と斬りこんでくる。

「ぬりゃ……っ」

一撃必殺の袈裟懸け、東軍流の「微塵《みじん》」だ。

常道のとおり、これを下から弾いた。

――きいん。

返す刀で面を打つ。

空を切った。

相手は真横に飛び、胴を抜きにかかる。

――ざくっ。

脇腹を浅く裂かれた。

予測された動きではあったが、相手の鋭い太刀筋のほうが勝っていた。

片膝を折敷いて水平斬りを繰りだし、追撃を何とか牽制《けんせい》する。

大須賀はすかさず、後方へ大きく飛び退いた。

「よう躱した。さすが、名のある道場を荒しまわっただけのことはある」

「何故それを」

「おぬしの風体は読売でみた。毬谷慎十郎という名も知っておった。おぬしのようになりたいとおもうたこともある。されど、わしにはできなかった。袴《はかま》の損料代を稼ぐために道場荒らしをすることなど、矜持が許さなかったからだ」

「生真面目な性分ゆえに、金を稼ぐ術を知らず、飢えてうらぶれたあげく、人斬りに堕ちたというわけか。人とはわからぬものだな」

着物に滲んだ血など気にも掛けず、慎十郎はうそぶいてみせる。

「されど、人斬りは人斬り。修羅の道を選んだ者には、ふさわしい死に様がある」

「以前から、わしはためしてみたかった。強い相手と闘って、どこまで生きのびていけるのかを。毬谷慎十郎よ、おぬしは、うってつけの相手だ。わしを落露で斃《たお》してみよ」

「承知」

「されば、まいるぞ」

　この一刀で勝負は決まる。

　死に神の技を繰りだすには、心を無にするしかない。

　心を無にする簡易な方法は、密教の「阿字観」である。

　脳裏に「阿」の一文字を浮かべ、すべての音を遮断する。

　青眼に構えた刀をだらりとさげ、慎十郎は両目を瞑《つぶ》った。

　大須賀の発する気合いも、跫音《あしおと》も聞こえなくなる。

　途轍《とてつ》もなく長い時が過ぎたようにおもった。

　突如、刃音が耳に飛びこんでくる。

　――ぶん。

　今だ。

拍子に乗って、刀の切っ先をつんと持ちあげた。

気配もない一刀が、相手の小手に食らいつく。

「ぬげっ」

刀を握った手首が、ぼそっと落ちた。

大須賀はその場に蹲る。

落露が見事に決まったのだ。

「武士の情け」

慎十郎は叫び、袈裟懸けの一刀で大須賀の首を落とした。

「くうっ」

勝負がついても、全身の震えを止めることができない。

正真正銘、紙一重の賭《か》けであった。

おそらく、二度とこの技は使えまい。

死の恐怖を知らぬ無謀な者でなければ使えぬ技、それが「落露」なのだとおもった。

難敵は葬ったが、陽太郎の仇を討った気はしない。

慎十郎にはまだ、為《な》すべきことが残っていた。

十二

十日経《た》った。

梅雨《つゆ》は明け、江戸は蒸すような暑さに包まれている。

「ええ、定斎屋《じょさいや》でござい。ええ、定斎屋でござい」

露地裏に荷箱の鐶《かん》の音を響かせているのは、暑気払いの特効薬を売る行商だ。

夏の物売りの声に混じって、耳を澄ませば流しの三味線や祭文《さいもん》語りなども聞こえてくる。

往来の端には涼み台が出され、団扇《うちわ》を片手に将棋をさす親爺《おやじ》なんぞも見受けられた。

しかし、何と言っても盛夏の到来は、花火の音で告げられる。

「どん、ばりばり」

花火の音を口でまね、慎十郎は大橋の欄干から下をみた。

日暮れ前だというのに、大小の船が大川を埋めつくしている。

「号砲一発川開き、あちらにみえるは茶船に猪牙《ちょき》にひらた船、こちらに浮かぶは屋根船に屋形船の九間《くま》一丸《いちまる》、着飾った芸者衆もともに繰りだして、さあ、花火見物の到来、到来」

かたわらの友之進が調子外れに口ずさみ、ふいに声音を落とした。

「鳥居家の用人で猫背の男、名は花沢亥之助《いのすけ》というらしい。類は友を呼ぶとはよく言ったもので、みたてどおり、花沢は遠州屋とつるんでおった」

「友之進よ、花沢は鳥居耀蔵に命じられ、長英どのを探っておったと言ったな」

「ああ、花沢があることないことでっちあげ、高野長英のみならず、渡辺崋山さまの捕縛にも結びつけたのだ」

「安董公のお力で何とかならぬのか」

「何ともならぬ」

渡辺崋山のほうからは『慎機論』がみつかり、高野長英は『戊戌夢物語』を書いたと認めた。

「いずれも、暗に幕政を批判する内容の書だ。その二冊があるかぎり、ふたりは罪を免れぬ」

「されど、死罪とはなるまい」

「沙汰は下されずとも、死にいたらしめる方法ならいくらでもある。ともあれ、名の知れたふたりを捕縛することで、水野さまは口うるさい蘭学者たちを封じこめたいのであろう。走狗《そうく》の鳥居は儒者の出ということもあり、蘭学者たちを心底から嫌っておる。それゆえ、大捕り物に喜々としておるのだ。今や、罪のない蘭方医たちも戦々恐々としている。下手なことをすれば、罪をでっちあげられて縄を打たれることもあるようでな、花沢のごとき目付の間者どもが江戸じゅうに目を光らせておるのだ」

友之進は十日掛けて、いろいろ探りを入れてくれた。

「尚歯会の小杉宗仁は遠州屋の過去を知らずに、諸大名と引きあわせていたようだ」

遠州屋の狙いは、大名貸である。大名貸は大損する危うさを孕《はら》んでいるので、大商人でもうかうかと手を出さない。だが、遠州屋のような山っ気のある新興商人は、有力な大名に恩を売って一気に運を摑もうと常に狙っている。

「じつは、わが藩にもはなしがあった。小杉宗仁との関わりは薄いので、門前払いにしたと聞いたが、関わっておったらえらい目に遭ったはずだ」

幕閣で重きをなすには、意見に賛同する仲間を増やさねばならず、そのためには金をばらまく必要がある。老中首座をめざす水野忠邦は軍資金が欲しいので、遠州屋の申し出に飛びついた。当然のごとく、遠州屋も見返りを期待してのはなしで、どうやら、幕府御用達の金看板を欲しているらしかった。

慎十郎にとっては雲の上のはなしだが、捨ておくわけにはいかない。

「鳥居耀蔵は水野さまの子飼い、遠州屋としても疎略にはできぬ。花沢はそこにつけこんだ。自分から遠州屋に近づいて売りこみ、間諜《かんちょう》の力量を認めさせ、今や蜜月《みつげつ》の仲になっておる」

「鳥居はそのことを」

「知るまい。花沢が勝手にやったことだ。遠州屋も花沢からの知らせが欲しいので、甘い汁を吸わせている。まあ、そんなところだな」

「そこまでわかれば充分だ」

「言っておくが、おぬしに頼まれて調べたわけではないぞ。目付の動きを探るのは、わしの役目でもあるからだ」

胸を張る友之進から、慎十郎は目を逸《そ》らす。

「ふん、そんなことはどうだっていいさ」

「ふたりを斬るのか」

「ああ」

「何故、おぬしが引導を渡さねばならぬ」

「陽太郎の仇討ちさ。あいつはわしに蘭語を教えてくれた。生きておれば、もっとたくさん教えてもらえたのに……悪党どものせいで、それも果たせぬこととなった」

「大の男が、もう泣くな。教えてくれ。鳥居さまが殺しに関わっていたとしたら、おぬしはどうしておった」

「相手が誰であろうと、躊躇《ためら》うことはない」

「さようか。やはり、おぬしはとんでもない阿呆だな」

西の空が夕焼けに染まっている。

「まいろう、そろりと船宿に屋形船が着くころだ」

友之進は手拭いを取りだし、頰被《ほおかぶ》りをしてみせた。

慎十郎もまねをして、豆絞りで同じ頰被りをする。

ふたりは着流しではなく、筒袖と脚絆《きゃはん》を着けていた。

船頭に化け、遠州屋が調達した屋形船に乗るつもりなのだ。

すでに、段取りは整っている。

柳橋の船宿から栈橋に降りると、際だって大きな屋形船がちょうど着いたところだった。

友之進は栈橋に座った差配役のもとへ向かい、手間賃を渡して戻ってくる。

「船頭は、ほかに三人いるそうだ。わしらは獲物《えもの》の座る艫《とも》のほうにまわしてもらった」

「上等だ」

「さっきも言ったが、花沢は小野派一刀流《おのはいっとうりゅう》の免状を持っておる。刀を抜かせたら厄介だぞ」

「一刀流の奥義は斬りおとしだ。屋根の内では使えぬ」

「それゆえ、船上を選んだのさ。船端へは出させるな」

「ああ、わかっておる」

「わしはいっさい、手を貸さぬぞ」

ふたりは船へ乗りこんだ。

三人の船頭は不審げな顔を向けたが、睨んでやると横を向いた。

愛刀の藤四郎吉光は、筵《むしろ》に包んで持ちこんだ。

船端に隠し、いざというときに取りだすのである。

しばらくすると、桟橋が賑《にぎ》やかになった。

遠州屋次郎左衛門が、華やかな芸者衆や幇間《ほうかん》をしたがえてくる。

尚歯会で会ったときよりも、一段と肥えてみえた。

まるで、高価な着物を纏った海馬《とど》のようだ。

招かれた客は侍もふくめて数人おり、そのなかに猫背の花沢も混じっている。

密偵の習性なのか、周囲に警戒の目を配りながら、船へあがってきた。

「そろりと頃合《ころあ》いじゃ。船頭たち、船を出せ」

「へえい」

纜《ともづな》を解かれた大きな船が、ゆっくり桟橋を離れていく。

竿《さお》の扱いには慣れているので、さほど苦にはならない。

屋形船は順調に滑りだし、夕焼けを映す川面《かわも》に水脈《みお》を曳《ひ》きはじめた。

行く先々には大小の船が浮かび、水菓子などを売るうろうろ船も近づいてくる。

今年一発目となる花火は、あと少しで打ちあげられるにちがいない。

そのときが勝負だと、慎十郎はおもっていた。

船は大橋へ近づき、下手のほうへ潜りぬける。

川のまんなかまで来ても、船の数は減らない。

すでに日没となり、一帯は船灯りに覆われた。

「瓜《うり》はいらんか」

うろうろ船が艫のそばを擦りぬけ、遠ざかっていく。

簡易な板で囲まれた屋根の内では、宴会がはじまっていた。

「それ、菊に牡丹《ぼたん》に八重桜、お江戸の夜空に咲かせましょう」

三味線が陽気に掻きならされ、幇間が剽軽《ひょうきん》な芸を披露《ひろう》するや、客たちからどっと笑いが起こる。

外から座る位置を確かめると、遠州屋と花沢は都合良く横並びに座っていた。

これなら、菊の花を切る要領で始末できそうだ。

「あがるぞ、花火があがるぞ」

周囲の船がざわめき出す。

慎十郎は友之進に舵《かじ》を任せ、船端に隠した刀を拾いあげた。

――ぼん、しゅるる。

唐突に火薬の弾ける音が響き、薄暗い空に煙の筋が昇っていく。

船上の誰もが口を開け、仰け反るように夜空を見上げていた。

慎十郎は気配を殺し、屋根の内へ忍びこむ。

――どん、ばりばり。

大川の遥か高みに、大輪の花が咲いた。

「玉屋《たまや》あ」

と同時に、遠州屋の首が飛ぶ。

ぶしゅっと血がしぶき、壁一面を真紅に変えた。

それでも、誰ひとり気づかない。
いや、隣の花沢だけは気づき、壁を蹴破《けやぶ》って船端へ逃れた。
「くそっ」
慎十郎も外へ飛びだし、船端へまわりこむ。
——ぼん、しゅるる。
二発目、三発目と、花火が打ちあげられた。
船の真上に大輪の花が咲き、火の粉がひらひら舞いおりてくる。
「ひゃああ」
花火の炸裂音《さくれつおん》に、芸者たちの悲鳴が重なった。
ようやく、遠州屋の首が無いことに気づいたのだ。
何人かは血相を変え、箱の内から抜けだしてくる。
急がねばならない。
「刺客め、顔をみせろ」
花沢が怒鳴った。
すでに、刀を抜いている。
慎十郎は頬被りを外した。

手には刀でなく、櫂が握られている。

「あっ、おぬし、毬谷慎十郎か。何故、わしの命を狙う」

「問答無用」

「ふん、返り討ちにしてくれるわ」

花沢は不安定な船上をものともせず、脱兎のごとく身を寄せてくる。

そして、刀を大上段に構え、乾坤一擲《けんこんいってき》の斬りおとしを仕掛けてきた。

慎十郎はわずかも怯まず、同じように大上段に身構える。

ただし、両手で握っているのは、とんでもなく長い櫂であった。

「ぬおっ」

凄まじい膂力で、櫂を振りおろす。

刹那、相手の切っ先が鼻面を舐めた。

届かない。

つぎの瞬間、櫂の先端が花沢の脳天に落ちた。

「びえっ」

頭蓋《ずがい》がふたつに割れ、両目が飛びだす。

「慎十郎、こっちだ」

友之進の声に振りむくと、艫のさきに瓜売りのうろうろ船が浮かんでいた。

櫂を捨て、刀を鞘ごと船に放りなげ、おのが身も艫の端から投げだす。

――どぼん。

水柱が立ちのぼった。

必死に泳ぎつき、うろうろ船に重いからだを引きあげる。

惨状と化した屋形船は遠ざかり、夜空には花火が打ちあがっていた。

大小の船に紛れてしまえば、何も案ずることはない。

瓜売りは目隠しを外され、あたりをきょろきょろしだす。

「旦那、いってえ何があったので」

「何もない。気にするな」

と、友之進がこたえた。

唐突に、長英のことばが甦ってくる。

「それでも地球は動いている」

「何だそれは」

聞き返す友之進に教えてやった。

「ガリレオという偉人がな、裁きの場で吐いた台詞さ」

「おぬし、頭でもおかしくなったのか」

船に揺られながら、そうかもしれないと、慎十郎はおもった。

この年から二年のあいだ、在所蟄居となった渡辺崋山は、家族とともに田原藩の領内で極貧暮らしを強いられた。門人たちの好意により、江戸で崋山の書画会が催されたものの、暮らしのために絵を売ったことが公儀に不届きとされた。崋山は藩主に迷惑がおよぶのを恐れ、幽閉された池ノ原《いけのはら》屋敷の納屋にて腹を切ったのである。

一方、高野長英は崋山切腹から二年半後の夏、小伝馬町牢屋敷の火災に乗じて牢抜けをはかった。硝酸で顔を焼いて人相を変えながら逃亡暮らしをつづけ、伊予宇和島《いようわじま》藩のもとでしばらく庇護を受けたが、しばらくして江戸へ戻り、偽名を使って町医者として開業した。そして、今から十一年後の冬、青山百人町《あおやまひやくにん》に潜伏していたところを、町奉行所の捕り方に踏みこまれることになる。脇差を振りまわして激しく抗ったのち、喉《のど》を突いて自害したとも言われている。

もちろん、慎十郎はふたりの数奇な運命など知る由もない。

頭上に大輪の花が咲くなか、うろうろ船は蛇行しながら進み、やがて、赤や黄に彩られた大川の彼方《かなた》に消えていった。

門弟志願

一

千代田城中、松之廊下《まつのろうか》。

裃《かみしも》の肩には鯨《くじら》の髭《ひげ》を通して纏《まと》う。

城中では肩が張っていないと、どうにも落ちつかない。

「この暑さ、さすがにこたえるな」

脇坂中務大輔安董はつぶやいた。

薄茶の染帷子《かたびら》と群青《ぐんじょう》地に輪違いの家紋を染めた長裃、古希《こき》を過ぎた年齢を感じさせぬ若々しい武者ぶりではあるものの、脇汗《わきあせ》をべっとり掻《か》いている。

水無月《みなづき》十六日は嘉祥《かじょう》、菓子や餅《もち》を神前へ供えて疫気《えきき》を祓《はら》う日だ。

諸大名ならびに諸役人は総登城し、将軍家慶《いえよし》から菓子をふるまわれる。

阿古屋《あこや》、饅頭《まんじゆう》、金飩《きんとん》、羊羹《ようかん》、鶉焼、熨斗操《のしくり》、寄水、煮染麩《ふ》など十六種もの菓子を置いた折敷《おしき》がつくられ、大広間の二之間から三之間にかけて一千五百を超える膳《ぜん》が並べられた。

壮観である。

諸大名は将軍の御前で菓子を食べられる栄誉に浸り、開祖家康《いえやす》が一枚の嘉定通宝を拾って運が開けた逸話におもいを馳《は》せる。

されど、安董は甘い物を好まない。

嘉祥など無くなってしまえばよいと、本心ではおもっていた。

それもあってか、朝から虫の居所が悪い。

老中が控える上御用部屋を出て、黒書院《くろしよいん》脇の竹之廊下を渡るときも、足取りは重く感じられた。

白書院の脇から松之廊下を渡っていけば、大広間にたどりつける。

赤穂《あこう》藩を領した浅野内匠頭《あさのたくみのかみ》が奥高家の吉良上野介《きらこうずけのすけ》に斬りつけて以来、松之廊下を渡るときはどうしても不穏な空気を感じてしまう。大名たちが少しばかり緊張した面持ちになるのは、そのせいかもしれなかった。

重鎮として扱われている安董も例外ではない。

早めに着座するつもりでやってきたものの、それが災いして、不運にも会いたくない人物と対面するはめになった。

同じ老中の水野越前守忠邦である。

野心家で頭の切れる忠邦は二十六も年下だが、家慶のおぼえもめでたく、幕閣を背負ってたつ逸材と評されていた。本人も周囲から持ちあげられるのがあたりまえだとおもっているので、自然と横柄さが態度にあらわれる。

安董は年齢も経験も上なので本来は敬われるべき立場だが、外様《とざま》大名の出という理由から、忠邦にはいつも下にみられていた。

ふと、安董の念頭に浮かんだのは、捕えられた渡辺崋山のことである。

田原藩一万二千石の家老としてよりも、類《たぐ》い希《まれ》なる肖像画を描く絵師として高く評価していた。

その崋山が仕える三宅家の殿様は康直《やすなお》といい、齢《よわい》は二十九とまだ若い。

じつは、播磨国姫路《ひめじ》藩からの養子だった。姫路藩十五万石を治めた前藩主酒井《さかい》忠実《ただみつ》の六男にほかならず、田原藩に災いがあれば、実家の酒井家にも火の粉が飛びかねず、
安董は同じ播磨国を治める領主としての誼《よしみ》から「どうしたらよいものか、何とか穏便《おんびん》におさめてほしい」と、隠居した忠実から内々に相談を受けていた。

家老が捕えられた田原家の仕置きをどうするかは、忠邦の裁量に任されている。

ここはひとつ釘《くぎ》を刺しておかねばという余計な考えが閃《ひらめ》いたのは、おそらく、そうした事情が背景にあったゆえにであろう。

おたがいにお辞儀をして擦《す》れちがいざま、安董はうっかり声を掛けてしまった。

「越前どの、御用部屋に何かお忘れのものでも」

「いいえ。大広間の膳立てを下見してまいりました。雑用が残っておりますもので、しばし御用部屋へ戻ろうかと」

「それはご苦労なこと。にしても、今朝はまた一段と暑うござるな」

「まことに」

いつも顔を合わせている相手と交わす会話でもなかろう。

「老婆心ながら」

安董は本題を切りだした。

「越前どの、ちとあれはいかがなものであろうか」

「あれとは、何のことでござりましょう」

「蛮社の捕縛じゃ。ことに、大名家の家老を捕縛というのはいかがなものか。聞けば異国への渡航を扇動した罪も付されておるとか。その件については、目付である鳥居の勇み足ではないかとの噂《うわさ》もござる。鳥居は実家が御用儒者の林家だけあって、蘭学の徒にすこぶる厳しい。気に食わぬというだけで捕縛におよぶのは、いかにも短慮な仕置きではござるまいか」

自分で喋《しゃべ》りながらも、くどいとは感じていた。だが、いったん喋りだしたら止まらない。ここ数日考えていたおもいのたけが、ほとばしるように口から溢《あふ》れた。

忠邦は怒りで顔を真っ赤に染めあげている。

そもそも、気が短い。負けん気は人一倍強く、他人に意見されることを極度に嫌う。

「中務大輔どの、その件に関しては差し出口を挟まないでいただきたい」

ぴしゃりと戸を閉める勢いで言いはなち、そのまま後ろもみずに去っていった。

この場に行きあった者があれば、内匠頭の二の舞かと狼狽《うろた》えたかもしれない。

忠邦の怒りは凄《すさ》まじく、まさに、脇差を抜かんとするほどのものだった。

「ふん、若造め」

安董は吐きすて、ふたたび、長い廊下を渡りはじめる。

肝を冷やすというよりは、年下老中の増長しきった態度に辟易《へきえき》するおもいのほうが強かった。

「やれやれ」

早々に上屋敷へ立ちもどり、きんと冷えた下り酒でも呑《の》みたい気分だ。

意見したことをわずかに後悔しながらも、安董は堂々と胸を張って大広間へ向かっていった。

二

七日後、早朝。

慎十郎は一徹に誘われ、霧に覆われた不忍池《しのばずのいけ》に釣り糸を垂れた。

霧が晴れると、水面《みなも》には紅白の蓮《はす》が花を咲かせており、何艘《そう》かの蓮見船が花の狭間《はざま》を縫うように漂っている。

「弁天島《べんてんじま》の茶屋で蓮の葉飯でも食いたいのう」

近所に住んでいるのに一度も食べたことがないと、食い意地の張った一徹は嘆く。

「茶屋の料理は値が張りますからな。蓮の葉を適当に摘んで、拙者がつくってさしあげましょう」

「ふむ、それで我慢するしかないか」

しばらく池畔《ちはん》で粘ったが、いっこうに釣果《ちょうか》はない。

「ちと、場所を替えよう」

東涯《とうがい》に日の出を眺めつつ、ふたりぶんの釣り竿《ざお》を担いで一徹の背に従いていく。

不忍池は遥《はる》か後方へ遠ざかり、人影もまばらな下谷広小路を南に歩いた。

神田川を越え、駿河台から護寺院ヶ原も抜け、濠端《ほりばた》へたどりつく。

一徹が皺顔で笑った。

「大物の鯉《こい》がうようよおるぞ」

「御濠は禁漁にござりましょう」

「禁漁ゆえに、大物がおるのさ」

今日も茹だるように暑くなりそうだ。

慎十郎は汗だくになり、腰を落ちつけられる木陰を探した。

「釣り糸を垂れるより、いっそ濠へ飛びこみとうござる」

「ぬはは、石垣の縁まで泳いで、門番に捕まるがよい」

「牢《ろう》屋敷はもう御免です」

ふたりは木陰に座り、さっそく釣り糸を垂れた。

何やら、槌《つち》の音が聞こえてくる。

「城内の普請にござりますな」

「平川門の内か。先日の大地震《おおない》で櫓《やぐら》が崩れたと聞いた。おそらく、それであろう」

しばらくじっと浮子《うき》をみつめつづけたが、鯉の掛かる気配はまったくない。

慎十郎は皮肉を漏らした。

「大物は何処《どこ》へ行ったのやら」

「暑うて川底で寝ておるのであろう」

「櫓普請でも見物にまいりますか」

「ふむ」

ふたりは立ちあがり、釣り竿を担いでのんびり歩きはじめた。

濠端に沿って右手に向かい、人足に紛れて竹橋御門を潜《くぐ》る。

慎十郎は大股《おおまた》で歩みより、畚《もっこ》担ぎの人足を呼びとめた。

「これは何の普請だい」

「汐見太鼓櫓《しおみたいこ》と梅林二重櫓《ばいりんにじゅう》の普請だよ」

櫓そのものだけでなく、崩れかけた石垣も修繕する大普請らしい。

普請費用は櫓ひとつ五千両とも言われ、普請を統括するのは幕府の小普請奉行だが、費用そのものは大名の負担となる。

人足が言うには、ふたつの櫓普請は姫路藩酒井家に課されているという。

慎十郎はそれを聞き、同郷の誼で同情を禁じ得なくなった。

姫路藩の藩財政は、藍玉《あいだま》などの特産物に支えられている。石高《こくだか》が十五万石におよぶとはいえ、櫓ふたつで一万両の負担は藩にとってけっして小さなものではない。藩の面目を保つべく、ことによったら藩士たちは減給を余儀なくされるかもしれなかった。そうなれば、藩士たちは幕府に恨みを抱く。怨念の矛先は、命を下した幕閣の老中たちに向くこともあろう。ことに、同じ播州の龍野藩を領する脇坂安董への風当たりは相当なものになると推察された。

「おい、慎十郎」

平川御門のそばに、見知った顔の侍が立っている。

幼馴染《おさななじ》みの石動友之進であった。

「おぬし、そこで何をしておる」

「おぬしこそ、何をしておる」

鸚鵡《おうむ》返《がえ》しに聞くと、友之進は胸を張った。

「先触れだ。わが殿が見聞のため、もうすぐこちらへお越しになる」

「老中みずから登城前の見聞とはめずらしいな」

「同郷の酒井家を気遣われてのことさ」

「さすが、気配り上手なお殿さま」

「皮肉を申すな。酒井さまに櫓普請のお鉢がまわされたことに、殿はお心を痛めておいでなのだ」

「普請を決めたのは、ご自身であろうが」

「莫迦《ばか》を申すな。大きい声では言えぬが、つい先だってまでは別の藩が受けもつことになっていたらしいのだ。にもかかわらず、突如として受けもちの藩が変更になった。断を下されたのは、水野越前守さまにほかならぬ。しかも、理由は殿への当てつけではあるまいかと、御家老は仰せになった」

友之進は声をひそめ、七日前に起こった松之廊下での出来事をはなした。

慎十郎は首を捻《ひね》る。

「老中同士の諍《いさか》いが、何故、酒井家へ飛び火したのだ」

「酒井家は播州十藩の盟主格、わが殿は酒井家のご先代とご昵懇《じっこん》であられる。水野さまはそのことを知ったうえで、普請先の変更を若年寄の大岡主膳正《おおおかしゅぜんのかみ》さまに命じられた。大岡さまは命じられたことをそのまま、小普請奉行へお申しつけになったとか。それがまことだとすれば、やり方が姑息《こそく》で汚いと、御家老はお怒りなのさ」

「ふうん」

「じつを申せば、小普請奉行の荒尾調所《あらおずしょ》さまは水野さまの子飼いでな、何かと黒い噂の絶えぬ御仁《ごじん》らしい」

　ふたりと少し離れて、一徹がつまらなそうにしている。

　友之進はお辞儀をしてから、竹橋御門のほうへ目を向けた。

　鰓《えら》の張った偉そうな重臣が、ぞろぞろ供を連れてやってくる。

「噂をすれば何とやら、小普請奉行の荒尾さまだ」

「やけに脂《あぶら》ぎっておるな。なるほど、悪党にしかみえぬわい」

「しっ、声が大きいぞ」

　荒尾はこちらを一顧だにもせず、門の向こうへ消えていく。

「隣に小太りの商人を従《つ》れておったが、あれは」

「普請総請負の山中屋《やまなかや》銀兵衛《ぎんべえ》だ」

　鎌倉河岸《かまくらがし》に店と蔵を持つ材木商らしい。

「友之進、おぬし、よう知っておるな」

「じつは、御家老の命で山中屋へ隠密を潜りこませたのだ。酒井家へ普請のお鉢がまわされた裏事情を探るためにな」

「ふうん」

「御家老から、ちと捨ておけぬはなしを聞いた。酒井家のなかに、櫓普請の変更に断を下したのが安董公だと囁《ささや》く連中がおるらしい。無論、根も葉もない噂にすぎぬが、酒井家に代わって播州十藩の盟主になるべく、龍野藩が仕組んだ謀事にちがいないと邪推する者までおるとか」

友之進はふいに口を閉じ、身を乗りだした。

「あっ、殿がみえられた。おぬし、隅に引っこんでおれ」

「言われなくともそうするさ」

安董を出迎えるべく、友之進は裾《すそ》を摑《つか》んで駆けだす。

登城前だけに供揃《ともぞろ》えは少なく、防《ふせぎ》となる者は五人ほどしかいない。

危ういなと、慎十郎はおもった。

「用心したがよいぞ」

一徹も不穏な空気を察してか、ぼそっとこぼす。

安董はこちらに気づかず、門の向こうへ吸いこまれていった。

騒ぎが勃《お》こったのは、そのすぐあとだ。

「狼藉者《ろうぜきもの》どもめ」

叫んだのは、友之進にまちがいない。

慎十郎は一徹に背中を押され、脱兎《だっと》のごとく駆けだした。

門の内へ飛びこむと、安董の一行が怪しげな侍どもに囲まれている。

賊の人数は七、八人、黒布で顔を覆った連中が一斉に刀を抜きはなった。

安董は少しも慌てず、相手を説きふせにかかる。

「待て待て、城内で刀を抜くでない」

友之進たちは腰の刀に手を添えつつも、安易に抜こうとはしない。

安董に日頃《ひごろ》から「城内では抜くな」と、厳しく命じられているからだ。

「おい、何をしておる」

慎十郎は駆けながら大声を張りあげ、賊どものなかへ躍りこんだ。

手にした釣り竿を槍構《やりがま》えに持ち、竿の先端で相手の顔を強打する。

「ぬわっ」

狼狽えた連中に近づき、拳《こぶし》で撲《なぐ》りつけるかとおもえば、丸太のような脚で回し蹴《げ》りを繰りだす。

賊どもが混乱をきたすなか、安董は顔を明るくさせた。

「誰かとおもえば、毬谷慎十郎ではないか」

慎十郎はさっと身を寄せ、背を向けて跪《ひざまず》く。

「殿、それがしの背にお乗りください」

「わしを負《お》ぶうと申すか」

「はっ、どうぞ。恐れながら、これをお持ちいただけませぬか」

釣り竿を手渡すと、脇坂は玉手箱を開けた浦島太郎《うらしまたろう》のようになる。

「よし」

ひとこと漏らし、ふわりと負ぶわれてきた。

からだつきは立派だが、やけに軽く感じられる。

慎十郎は、韋駄天《いだてん》走りで奥の下梅林御門をめざした。

賊どもは追ってこられず、遥か遠くで地団駄《じだんだ》を踏んでいる。

だが、めざす門のそばにもうひとり、豆絞りの手拭《てぬぐ》いで鼻と口を覆った賊が待ちかまえていた。

今までの連中とは異なり、腰の据わりがしっかりしている。

手練《てだれ》だ。

「殿、厄介な相手がおりまする」

背中から降ろすと、安董は意外な台詞《せりふ》を吐いた。

「斬ってすてよ」

「よろしいので」

「許す」

慎十郎は間合いを詰め、すっと刀を抜いた。

相手も抜刀し、滑るように間合いを詰めてくる。

そして、五間（約九メートル）前方で足を止めた。

上段に構え、切っ先をこちらの額につける。

独特の構えだ。

ぴたっと制止し、まんじりともしない。

慎十郎は気合いを発した。

「くりゃ……っ」

鋭く踏みこむ。

――きいん。

刃と刃がぶつかり、火花が散った。

二刀目を繰りだすべく、右八相に構える。

ところが、賊は上段に構えたまま後退《あとじさ》り、混乱のさめやらぬ平川門のほうへ遁走《とんそう》していった。

「追わずともよい」

安董は眸子《まなこ》を細める。

「あやつらに罪はない。深追いするなと、石動友之進に言うておけ」

「はあ。されど、よろしいので」

「よい。あの者たちは、わしが櫓普請の命を下したと信じ、逆恨みしておるのじゃ」

「ということは、酒井家の」

「おおかた、下士どもであろう。城内で老中を襲ったとあっては、いかなる言い訳も通用せぬ。事が表沙汰《おもてざた》になれば、藩の存亡にも関《かか》わってこよう。何事もないと、わしが大目付に伝えればそれでよいはなしじゃ。酒井家の御当主には藩士たちの手綱《たづな》を引きしめるよう、わしから直に伝えておくゆえ、おぬしらはまちがっても報復しようなどと考えてはならぬ」

「はあ」

そもそも、報復などは考えていない。慎十郎は安董の臣下ではないのだ。

「されば、お気をつけて」

あっさり応じると、安董は眦《まなじり》に皺《しわ》をつくって笑った。

「まことと、おぬしは頼もしいのう。居てほしいときに、いつもおってくれる。ところで、禁漁の御濠で何か釣れたか」

「へっ」

慎十郎は釣り竿を返され、首を亀《かめ》のように引っこめる。

安董は咎《とが》めもせず、呵々《かか》と嗤《わら》いながら、下梅林御門の向こうへ消えていった。

左手には汐見太鼓櫓が聳《そび》え、上梅林門を抜けた右手には梅林二重櫓がみえる。

櫓ひとつで五千両の普請費用は、いくら何でも高すぎるであろうとおもった。

ともあれ、無事に難は切りぬけたものの、待ちぶせをはかっていた最後の賊が気に掛かる。

「血の気の多い下士ではなく、あれは刺客かもしれぬ」

ひとりだけ豆絞りの手拭いで顔を隠していたこともあったが、ほかの連中とは力量も醸《かも》しだす雰囲気も異なっていた。刺客だとすれば、安董の命を狙《ねら》う黒幕がいることになり、勘ぐったそばから不安は募《つの》った。

三

一晩寝て起きてみれば、負ぶった殿さまのことなど頭から消えていた。

慎十郎はあいかわらず、池之端無縁坂下の丹波道場を寄る辺にしている。

道場と言っても、門弟はいない。道場主の一徹はそのむかし、御三家の剣術指南役をつとめるほどの剣客であったが、関わりの深い千葉周作の門弟で性悪な者がおり、隙《すき》をみせたときに背中を斬られて以来、門弟をいっさい採らなくなった。

月々の謝礼がないので、道場の家計は孫娘の咲が出稽古《でげいこ》で貰《もら》ってくる心付けに頼っている。

咲は幼いころに双親《ふたおや》を亡くしていた。兄弟姉妹もおらず、自分が大黒柱になるしかないとおもっている。それゆえ、いつも気を張っており、男勝りの性分を装うためか、近頃は道場内でも若衆髷《まげ》に着流しという風体でいた。

慎十郎は前垂れを着けて庖丁《ほうちょう》を握り、泣きながら長葱《ながねぎ》を刻んでいる。

「くう、目に沁《し》みる」

露地裏からは、納豆売りの売り声が聞こえてきた。

納豆のないことに気づき、急いで勝手を飛びだす。

庭には怒りを除く合歓《ねむ》と愁いを去る萱草《かんぞう》が、仲良く並んで咲いていた。

慎十郎は冠木門《かぶきもん》から外へ出るなり、ぎくっとして身を固める。

風采《ふうさい》のあがらぬ月代侍《さかやき》がひとり、丁寧にお辞儀をしてみせた。

「驚かせて申し訳ありませぬ。拙者、窪塚忠也《くぼづかちゅうや》と申す食いつめ者、何卒《なにとぞ》、門弟の端におくわえいただきますよう、お願い申しあげたてまつりまする」

すらすらと口上を述べ、いっそう深くお辞儀をする。

「たてまつりますると言われてもなあ」

慎十郎は頭のてっぺんから爪先《つまさき》まで眺めおろし、こりゃ駄目だなとおもった。

からだつきは中肉中背、頰《ほお》の瘦《こ》けた風貌《ふうぼう》はぱっとせず、齢も三十に届いていそうだ。

志を抱えて夢を追うほど若くもなく、厳しい稽古に耐えてみせるぞという気迫も感じられない。

「あきらめたほうがよい。そもそも、丹波道場は門弟を採っておらぬゆえな」

門での気配を察し、一徹と咲もやってきた。

窪塚はお辞儀をしたまま、頭をあげようともしない。

当然のごとく、一徹は門前払いにするとおもった。

ところが、意外なことを口走ったのである。

「咲、一手指南してておあげ」

「えっ」

慎十郎が驚いている隙に、窪塚は冠木門の敷居をまたいできた。

目のまえを通りすぎ、咲に導かれて道場へあがっていく。

「おいおい、それはないだろう」

無性に腹が立ってきた。咲との申しあいは、慎十郎ですら特別なことでもないかぎり許されぬからだ。

咲と窪塚は竹刀を手に取り、道場のまんなかで向きあった。

青眼の構えをみただけでわかる。咲の勝ちはあきらかだ。

「お支度はよろしいか」

「はい」

「されば、まいります。やっ、たっ」

咲の鋭い面打ちを避《よ》けきれず、窪塚はどんと尻餅《しりもち》をつく。

ほらみろ、尻尾《しっぽ》を巻いて出ていけと、慎十郎は胸の裡《うち》で毒づいた。

勝ち誇った顔で隣をみると、一徹がしかつめらしくうなずいてみせる。

「よし、門弟にいたそう」

耳を疑うような台詞を吐いた。

呆気《あっけ》にとられる慎十郎を尻目に、窪塚のもとへ近づいていく。

「今日から住みこみでどうじゃ」

「よろしいのですか。かたじけのう存じます」

窪塚は起きあがって腰をふたつに折り、しばらくは雑用に従事する旨を了承した。

要するに、慎十郎と同格になったのである。

咲も首をかしげたものの、一徹に逆らう気はないので、まったく歯ごたえのない窪塚をあっさりと受けいれた。

気持ちがおさまらないのは、慎十郎である。

「何故、あのような男を門弟になさるのか」

激しく食いさがると、一徹は手に唾《つば》をつけて白い鬢《びん》を撫《な》でつけ、こともなげにこたえた。

「お辞儀の仕方が気に入ったからじゃ」

「えっ、たったそれだけのことで」

「気に入らぬのか」

「大いに気に入りませぬな」

「まあ、そう申すな。どうしても気がおさまらぬようなら、わしが久方ぶりに稽古をつけてやろう」

「まことにござりますか」

単純な慎十郎は途端に嬉《うれ》しくなり、窪塚のことなど忘れてしまう。

「されば、丹石流の奥義をひとつ、教えて進ぜよう」

一徹のことばに飛び跳ねて喜ぶと、咲に辟易された。

嬉しくないはずはない。何しろ、当代随一の剣士と噂される千葉周作から「剣聖」と評される人物である。飄々《ひょうひょう》としてつかみどころがなく、一見するとしょぼくれた老人にすぎぬが、その実力が抜きんでていることは慎十郎も熟知していた。

もちろん、一子相伝の奥義である「花散らし」は教えてもらえぬまでも、奥義のひとつでも修得できればありがたいと意気込みつつ、道場のまんなかへ向かう。

咲と窪塚は、隅のほうに並んで正座した。

慎十郎は三尺八寸（約一・二メートル）の竹刀を持ち、一徹は重いという理由から一尺三寸（約三十九センチメートル）の短い竹刀を構える。短すぎて粗朶《そだ》のようにしかみえぬ竹刀を頭上に持ちあげ、小柄な老人はこちらをみるともなくみつめた。

相手の頭上越しに遠くをみつめる「遠山《えんざん》の目付」だ。

慎十郎はじりっと爪先を躙《にじ》りよせ、一徹の隙を窺《うかが》った。

もはや、窺う必要もない。隙だらけで、かえって踏みこめなかった。

誘っているのはわかったが、先々《せんせん》の先《せん》を取るつもりで身を寄せていく。

「ぬりゃ……っ」

上段から浅い一撃を繰りだした。

一徹はすっと身を横にずらし、ずらすと同時に、竹刀を振りおろす。

——ばしっ。

右手甲を叩《たた》かれ、慎十郎は竹刀を落とした。

痛みはさほどでないものの、右手が強烈に痺《しび》れている。

一徹は胸を張り、朗々と言いはなった。

「丹石流いろはのい、振りおとしじゃ。相手の仕掛けに乗ったとみせかけ、空を斬らせて振りおとす。たったそれだけの技じゃが、会得《えとく》するのに十年は掛かる。以上」

「お待ちを。これで仕舞いですか」

「充分じゃろう」

「納得できませぬ」

「何が納得できぬのじゃ」

「一年余りも道場におって、いろはのいしか教えてもらえぬとは、口惜《くちお》しゅうてなりませぬ」

「ならば、励め。言うておくがな、おぬしはまだ、いろはのいにも達しておらぬ。それがわからぬようなら、ここにおる意味はない。励むか出ていくか、道はふたつにひとつじゃ」

慎十郎は、両方の拳をぎゅっと握りしめた。

遠くに座る窪塚の緊張が、ここまで伝わってくる。

一徹はおそらく、新しい門弟に鍛錬の厳しさを伝えたいがために、理不尽ともおもわれる行動に出たのだろう。

慎十郎は、そう考えることにした。

「さあ、味噌汁《みそしる》をつくってくれ。納豆売りは遠くへ行っちまったぞ」

急《せ》きたてられ、小銭を携えて道場の外へ向かう。

「拙者もお供いたします」

窪塚が殊勝な顔で従いてきた。

「うるさい。おぬしは雑巾《ぞうきん》で顔でも拭《ふ》いておれ」

慎十郎は怒鳴りつけ、冠木門から飛びだした。

四

夕刻、慎十郎はめずらしく、咲の出稽古に随伴することを許された。

さすがに同情してくれたのか、交わすことばの端々に労《いたわ》りのようなものが感じられ、嬉しいやら、申し訳ないやら、愛《いと》おしいやら、昂《たか》ぶる気持ちを抑えるのに苦労した。

たどりついたさきは、九段坂上の練兵館である。

一年余りまえ、咲に鼻っ柱をへし折られたところだ。

館長の斎藤弥九郎は類い希なる剣士であるばかりか、探求熱心で進取《しんしゅ》の精神に富み、異国の砲術に関する文献を集めたりなどしており、幕府の要人や雄藩の重臣たちに知己も多い。

つきあいで目がまわるほど忙しく、近頃は道場にほとんど居ないのだが、今日は運良く何処にも出掛けず、門弟たちに稽古をつけていた。

「いやい、たあっ」

清々《すがすが》しい気合いと迸《ほとばし》る汗の雫《しずく》、門をひとたび潜れば、活気に溢れた雰囲気が伝わり、武者震いを禁じ得なくなる。

咲に従って慎十郎があらわれると、道場内の空気がぴんと張りつめた。

道場破りで名を馳せただけあって、門弟たちは慎十郎のことをよく知っている。

咲に敗れはしたものの、並々ならぬ技倆《ぎりょう》の持ち主であることも承知していた。

「ほう、毬谷慎十郎か」

斎藤はいつになく上機嫌で、気軽に声を掛けてくる。

「どうじゃ、わしと一番勝負をやらぬか」

おもいがけぬ申し出に、慎十郎は胸を躍らせた。

「是非ともお願いいたします」

満面に笑みを浮かべ、道場の端から勝手に竹刀を持ちだす。

——びゅん、びゅん。

片手で素振りをしてみせると、斎藤は胸を反らして嗤った。

「あいかわらず、腕力だけはあるのう。どれ、技倆のほどを見定めてくれよう」

斎藤は酒樽《さかだる》のように太い体軀《たいく》を寄せ、凄まじい気合いを発する。

「どりゃ……っ」

すかさず、気攻めに攻めてきた。

分厚い壁が迫ってくるようで、とうてい、歯の立つ相手ではない。

端で眺めている咲も、慎十郎の負けを覚悟した。

落ちこませて連れ帰るのは気の毒だが、斎藤と立ちあってもらっただけでもよしとしよう。

そんなふうにおもったところが、つぎの瞬間、咲は瞠目《どうもく》することになった。

「やっ」

斎藤が先手を取って踏みこむ。

繰りだしたのは、得手とする二段突きだ。

しかし、踏みこむと同時に、竹刀を床に落とした。

「えっ」

何が起こったのか、門弟たちにはわからない。

慎十郎の動きはあまりにも素早すぎ、打ちこみの瞬間は咲ですらきちんと目に留められなかった。

もちろん、打たれた斎藤にはわかる。

容赦のない突きを繰りだしたつもりが、すっと横に躱《かわ》され、同時に予期せぬ一撃を食らった。

小手打ちである。

斎藤は左手で右手の甲を押さえ、惚《ほう》けた顔で佇《たたず》んでいた。

あきらかに負けたが、負けた理由がよくわからない。

「たまさかでござる」

慎十郎は偉ぶる素振りもみせず、小賢《こざか》しい台詞を吐いた。

じつを言えば、このとき、心ノ臓はばくばくしている。

ほんとうは飛びあがって喜びたいのだが、喜んではならぬとみずからを戒めていた。

それに、たまさか勝ったというのは、正直な感想だった。

慎十郎が咄嗟《とっさ》に使ったのは、一徹から習ったばかりの「振りおとし」にまちがいなかった。

竹刀を片手持ちですっと上段に構え、そのまま真下へ振りおろす。

何の変哲もない上下の動きが、斎藤の突きに勝った。

事情を知るのは、咲だけである。

斎藤が負けた事実に衝撃を受けつつも、一徹に教わった技で勝ったことが誇らしく、慎十郎を褒《ほ》めてあげたいとおもった。

――されど。

と、おもう。

自分は幼いころから、嫌というほど一徹の手ほどきを受けてきた。にもかかわらず、斎藤に勝ったことは一度もない。

慎十郎はたった一度教えてもらっただけで、斎藤にあっさり勝ってしまった。

底知れぬ実力の片鱗《へんりん》を目に留めたという気持ちもあったが、いろいろ考えると腹が立ってくる。

一方、慎十郎は丹波道場へ戻ってからも夢見心地でいた。

練兵館での出来事を知らぬ一徹が「今宵《こよい》の夕餉《ゆうげ》は何じゃ」と、惚《とぼ》けたことを聞いてくる。

——斎藤弥九郎に勝ちました。勝ったのですぞ。

と、手を握って礼を言いたかった。

が、慎十郎の口を衝《つ》いて出たのは「冷やし素麺《そうめん》はいかがでしょう」という台詞だった。

「白瓜《しろうり》の雷干《かみなりぼ》しと胡瓜揉《きゅうりも》み、それと奴《やっこ》もつけましょう」

献立を告げてやると、一徹は口を尖《とが》らせる。

「主菜はどういたす」

「奮発して、鱸《すずき》でも買ってまいりましょうか」

「いっそのこと、鰻《うなぎ》でどうじゃ」

そうした会話のやりとりは、いつも繰りかえされている内容だった。

ちょうどそこへ、窪塚が買いだしから戻ってくる。

「毬谷どの、鰻を仕入れてまいりましたぞ」

腰にぶらさげた籐籠《とうかご》のなかに、生きた鰻が蠢《うごめ》いていた。

「暑気払いに効果覿面《てきめん》、夏の土用《どよう》はこれにかぎります」

「わしもそう思っていたところじゃ」

一徹が嬉しそうに眸子を細める。

おもえば、今日の幸運を呼びこんでくれたのは、窪塚にほかならなかった。

慎十郎は大股《おおまた》で近づき、にっと笑顔を向けてやる。

「おぬしが気に入った。年は上だが、弟弟子にしてつかわそう」

「はあ」

窪塚は嬉しくもなさそうに、奥の勝手へと向かう。

くたりとなった鰻を俎板《まないた》のうえに伸ばして錐《きり》で目打ちし、小出刃を手にして上手に背開きにしていった。

手際の良さに感心しつつ、慎十郎は鍋《なべ》で湯を沸かし、買ってあった素麵を茹《ゆ》でる。

打ちあわせたわけでもないのに、窪塚も慎十郎と同じ献立を頭に描いていた。

「なかなか、やりおるわい」

一徹が賞賛する後ろでは、咲が懸命に木刀を振っている。

「いえい、たあ」

咲の素振り稽古もまた、夕餉のまえの日課であった。

斎藤弥九郎に勝ったことを一徹や窪塚にどうやって伝えようか、あれこれ想像をめぐらしていると、慎十郎の顔に自然と笑みがこぼれてきた。

五

数日経《た》った。

窪塚は剣術はからっきしだが、料理をつくるのは上手《うま》いし、掃除や雑用もまめにこなす。道場に住まわせておけば重宝だとわかり、慎十郎も稽古に打ちこむことができた。一徹も窪塚のはたらきぶりを気に入っている。一方、咲は付かず離れず絶妙な間合いで付きあっていた。

早朝、買いだしついでに不忍池の池畔を散策していると、いつのまにか根津《ねづ》の寺町まで足を運んでいた。

袋小路の行きどまりに、荒廃した寺がある。

上野山の周囲は寺が多いので、なかには住職を継ぐ者がいなかったり、檀家《だんか》を維持できなかったりして、棄《す》てられる寺も少なくない。

おそらく、そうした寺のひとつであろう。

門柱には「慈恩寺《じおんじ》」とある。

窪塚が一瞬、息を呑んだようにみえた。

理由はわからない。気のせいかもしれなかった。

朽ちかけた築地塀《ついじべい》に近づくと、塀の隙間から蓼《たで》のような草が生えており、白くて細かい小花が咲いているのをみつけた。

窪塚が目を細める。

「虎杖《いたどり》の花でござるな」

「ふむ」

独活《うど》に似た若芽は、けっこう美味い。薬効があることでも知られ、葉を揉んで打ち身に貼《は》ったりもする。痛みが取れるので「痛取《いたど》り」という名がつけられたらしいが、強い酸味のせいで牛や馬は好んで食さない。

「故郷の里山にも咲いておった」

「たしか、播州の龍野でござりましたな」

「さよう」

龍野は大和《やまと》と出雲《いずも》を結ぶ水運の町、閑静《かんせい》なたたずまいから「播磨の小京都」と呼ばれている。城下の東に流れる揖保《いぼ》川の清流は、醬油《しょうゆ》、素麵、皮革などの特産品を育《はぐく》み、姫路へと通じる往来は古くから賑《にぎ》わっていた。

「おもいだす。揖保川を行き来する高瀬舟《たかせぶね》、醬油蔵の黒い屋根と黒板塀、霧に包まれた鶏籠《けいろう》山の城」

「いずれ、お戻りになるのでしょう」

「ああ、そのつもりでおる」

剣士として一本立ちできたら、故郷に錦《にしき》を飾りたい。

「それが、わしの夢だ」

と、慎十郎は言った。

窪塚は悲しげに微笑《ほほえ》む。

「羨《うらや》ましい。それがしには帰る故郷もござりませぬ」

「おぬし、江戸の生まれか」

「いいえ、上州《じょうしゅう》にござる。されど、それがしは故郷を捨ててまいりました」

事情を聞こうとしたが、喋りたくなさそうなので止めておいた。

替わりに、何か夢はないのかと尋ねてみた。

「夢でござるか。強いて申せば、道場を持つことでござろうか」

「ぷっ、その腕でか」

「いけませぬか」

小さくてもよい。侍も町人も農民すらも集《つど》える町道場を開きたいのだと、窪塚は真剣な顔で言う。

そして、何故《なぜ》か、荒れ寺の看板に目を遣《や》った。

慎十郎もつられて目を向けたが、窪塚の言ったはなしは冗談にしか聞こえなかった。

「ま、せいぜい励むがよい。何なら、わしが鍛《きた》えてやろう」

「お願いいたしまする」

ふたりは陽気に笑いながら、来た道を戻りはじめた。

道場へ戻ってみると、門のそばで友之進が待ちかまえている。

「ちと、はなしがある」

深刻そうなので、窪塚をさきに行かせた。

「あれは誰だ」

「新しい門弟さ」

「丹波先生は、門弟を採られるのか」

「採らぬはずが採った。お辞儀の仕方が気に入ったらしい」

「莫迦な」

「そうおもうだろう。わしもだ」

「咲どのも、よう受けいれたな」

「ふふ、おぬし、まだ咲どのに惚《ほ》れておるのか。案ずるな。あのとおり、風采のあがらぬ男ゆえ、取られる心配はない」

「莫迦たれ、咲どのに余計なことを言ったら承知せぬぞ」

友之進は恥ずかしいのか、顔を茹《ゆ》で海老《えび》のように染めあげる。

もう少しからかってもよかったが、用件のほうを聞きたくなった。

「どうした、赤松の爺《じい》さまに雷でも落とされたか」

「櫓普請の見聞で殿が襲われて以来、機嫌がすこぶる悪《わろ》うてな」

「酒井家の連中はどうしておる」

「殿がわざわざ茶会を催し、酒井家先代の忠実公と御当主の忠学《ただのり》公を招いて、櫓普請見聞での出来事をお伝えなされた。おふたりは腰を抜かすほど驚かれてな、さっそく、内々に不埒《ふらち》な下士どもが捕縛され、相応の処分を受ける運びになった」

先代の忠実は二十年にわたって姫路藩を治めた名君である。画家にして俳人の叔父《おじ》酒井抱一《ほういつ》と交流が深く、部屋住みのころに抱一が使った「春来窓《しゅんらいそう》」という堂号《どうごう》を継承していた。齢は還暦を過ぎたばかりだが、安董とは刎頸《ふんけい》の友でもあり、下士の不始末を許した忠学を安董の面前で厳しく叱責《しっせき》したのだという。

「ご先代のお怒りが藩士たちに伝わり、根拠のない不満は解消されたかにみえた。が、どうも、安董公や脇坂家を貶《おとし》めようとする者がおるようでな、いまだに御屋敷のまわりを彷徨《うろつ》く不届きな連中の影も見受けられ、側衆《そばしゅう》はひとときも気が抜けぬので困っておる次第だ」

「それはたいへんだな」

「いちばん疲れておいでなのは、殿ご自身さ。矍鑠《かくしゃく》とされていた殿が陰鬱《いんうつ》にしておられるのをみるのは辛《つら》い」

「まあ、辛かろうな」

そっけなく応じると、友之進に睨《にら》まれた。

「他人事《ひとごと》か。おぬし、格別に目を掛けていただいておるのだぞ」

「こっちから望んだことではないからな」

「こやつめ、わざわざ足労して損したわ」

友之進は頬を膨らませ、背を向けようとする。

慌てて、慎十郎は呼びとめた。

「待て待て。そうやって、きりきりするな。何を頼みにきたのだ」

「断らぬと申すなら、教えてやる」

「もったいぶるな」

「されば、言おう。殿さまの防が足りぬ。おぬしにくわわってほしいのだ」

「冗談抜かせ。わしは藩士でも何でもないのだぞ」

「わかっておる。藩士なら頼んでおらぬわ」

「どういうことだ」

慎十郎が興味津々《きょうみしんしん》の顔で質《ただ》すと、友之進は溜息《ためいき》を吐《つ》いた。

「今は選《よ》りすぐりの連中で防を固めておるが、側近でも容易に連れていけぬところがあってな」

「何処だ」

「芝《しば》の露月町《ろげつちょう》」

下屋敷からさほど遠くないところに、黒塀の上から節くれだった松の枝の張りだす平屋があるという。

「妾宅《しょうたく》か」

「ようわかったな」

「殿さまなら、やりかねぬわ」

以前、家老の赤松豪右衛門から聞いたことがあった。安董は寺社奉行に任じられていた二十五年ほどまえ、妾《めかけ》のことで讒言《ざんげん》され、それが理由で役目を辞すはめになった。

「過去の過ちを繰りかえしておられるのか」

「さあ、知らぬ。妾のことなど、正直、どうでもよい。殿が御台様《みだい》に内緒で妾をつくるのは仕方のないことだと、御家老も仰《おお》せになった。されど、お忍びゆえ、供もろくに揃えず妾宅へ向かわれることが危ういと、お怒りなのさ」

「お命を狙われるやもしれぬため、妾宅までお供せよと、そういう事情か。ふん、莫迦らしい」

「まあ、そう申すな」

友之進は眉間《みけん》に皺を寄せる。

「防は今のところ、わしも入れて三人しかおらぬ。殿が供揃えを望まれぬのだ。もちろん、三人ではあまりに心許《こころもと》ない。至急、慎十郎を呼べと、御家老が仰せでな」

「何だかんだと文句を並べておきながら、困ったときだけ呼びだそうという性根が気に食わぬ」

「ふん、御家老は買いかぶっておられるのよ。おぬしが和田倉《わだくら》御門外で黒天狗の首魁《しゅかい》を成敗して以来な。窮地になるとおぬしの名が叫ばれ、屋敷へ連れてこいと命じられる。わしは来たくもないところへ足労し、喋りたくもないことばを吐かねばならぬ」

「来なけりゃいいだろう」

「そういうわけにはまいらぬ。命じられたら即行動、おぬしに宮仕えの辛さはわかるまい。防の件、やってくれるな。はなしを聞いたら、断らぬと約束したはずだぞ」

「わかっておるわ」

「されば、明日また迎えにまいる」

友之進は安堵《あんど》した様子で、来た道を戻っていく。

人の気配を察したので振りむくと、窪塚がこちらに背中を向けた。

「何だあいつ」

会話を盗み聞きしていたのであろうか。

妙な感じを抱きつつも、慎十郎は素振り稽古をやりはじめた。

唐突に、最初に抱いた疑念が浮かんでくる。

一徹は何故、窪塚を門弟にしたのか。

いくら考えてもわからず、木刀を振りつづけるうちに、雑念は消えていった。

六

本所回向院《ほんじょえこういん》前の垢離場《こりば》から、勇み肌の男たちの声が響いてくる。

「懺悔懺悔《さんげさんげ》六根罪障《ろっこんざいしょう》、おしめにはつだい、こんがら童子、大山大聖不動明王、石尊大権現《せきそんだいごんげん》、大天狗小天狗……」

大川で水垢離を済ませた参詣者《さんけいしゃ》は講中をつくり、厄除《やくよ》けや病魔退散《びょうまたいさん》を祈念《きねん》して大山詣《もう》でをおこなう。

慎十郎も一日じゅう大川に浸《つ》かっていたかった。

水垢離がはじまれば秋も近いというのに、猛暑はいっこうに収まる気配をみせない。

安董が親しくなった相手は、京の没落した公家の娘らしかった。

つきあいは三年におよぶものの、藩内でも知る者は少ない。

友之進が豪右衛門から聞いた経緯《いきさつ》によれば、御用達の醤油問屋である播磨屋《はりまや》庄介《しょうすけ》が催した茶会で知りあったという。

「ぬはは、年甲斐《としがい》もなく見初《みそ》めたと申すのか」

「しっ、声が大きいぞ」

本丸の老中となってからは密会できる日も減ったが、短くとも会えば安董の慰《なぐさ》みになる。

「心身ともに寛《くつろ》ぐことのできる場が要るのだ」

と、友之進は生意気な台詞を吐いた。

慎十郎は垢離場から離れて防にくわわり、すでに、安董を芝露月町にある妾宅まで送りとどけていた。

友之進たちと辻陰《つじかげ》に待機して一刻（約二時間）余り、男女が逢瀬《おうせ》を楽しむにはまだ陽《ひ》が高すぎる。

「いったい、何をしておられるのだ」

腹立ちまぎれに野暮な問いを口走ると、友之進が眠そうにこたえた。

「和歌を詠《よ》まれたり、茶を点《た》ててもらったり、優雅なひとときをお過ごしなのさ」

面倒な施策や評定に明け暮れる幕閣の中枢《ちゅうすう》にあって、安董は一瞬たりとも心の安まる暇がない。それも徳川家の忠臣なればこその奉仕であったが、古希を越えた老人にとっては酷すぎる。

安董が一時の安らぎを求め、雅《みやび》で薄幸《はっこう》な女性に魅了される気持ちもわからぬではなかった。

だが、慎十郎は羨ましいとおもわない。
「わしは何者にもなっておらぬ。おなごにうつつを抜かす暇などないわ」
みずからを戒めつつ、夕陽のかたむくさまを眺めた。
気づいてみれば、西の空は茜《あかね》色に変わっている。
「そろそろだな」
友之進が、ぽつりとこぼした。
ふたりの供人も居眠りから醒《さ》め、大欠伸《おおあくび》をしてみせる。
そのときだった。
辻口に怪しげな連中があらわれた。
髪も髭も伸び放題の浪人どもで、数は十を越えている。
宮仕えの藩士たちではない。
「賊だぞ」
友之進が叫ぶ。
浪人どもが一斉に刀を抜いた。
無言で迫り、一団となって斬りつけてくる。
友之進は抜刀し、正面のひとりを袈裟《けさ》懸《が》けに斬った。

——ぶしゅっ。

鮮血が飛沫《しぶき》となって奔出し、浪人は地べたに斃《たお》れる。

「退《ひ》け」

ほかの連中は怯《ひる》んだのか、尻尾を巻いて逃げだした。

「追え」

ふたりの供人が突出する。

友之進も脱兎のごとく駆けた。

慎十郎だけは踏みとどまる。

「妙だぞ」

不吉な勘がはたらいたのだ。

すると、妾宅の戸が開き、安董があらわれた。

見送りに出てきた女性は四十路前後、ふっくらした色白の美人だ。

「さればまた、近々に」

安董のことばに、潤んだ眼差《まなざ》しで応じる。

慎十郎は目を釘《くぎ》付けにされながらも、不穏な気配を感じていた。

「殿、出てきてはなりませぬ」

叫んだところへ、抜け裏のほうから人影が駆けよってきた。

風体から推すに、下梅林御門でまみえた刺客にまちがいない。

楯《たて》となって立ちはだかるや、刺客は有無を言わさずに斬りつけてきた。

「ふん」

強烈に弾《はじ》きかえし、どっしり身構える。

「慎十郎、あとは任せた」

安董は女性を庇《かば》い、建物のなかへ戻った。

後顧《こうこ》の憂いはない。一対一の勝負なら、負けぬ自信はある。

相手はやはり、豆絞りで鼻と口を覆っていた。夕陽が逆光となり、表情まではわからない。

あのときと同じように、こちらの額に切っ先を付けた独特の上段に構えてみせる。

がに股にくわえて、左右の踵《かかと》を八の字につけた撞木足《しゅもくそく》、もはや、まちがいなかろう。

「馬庭念流《まにわねん》か」

問うても、返事はない。

地べたに根が生えたように構え、じっとこちらの出方を窺っている。

なるほど、馬庭念流の理合は負けぬことにあった。

勝ちを追いかけず、ただひたすら負けぬことのみに神経を注ぐ。

したがって、みずから先手を取って斬りつけることはあまりない。

念流の開祖念阿弥慈恩《ねんあみじおん》の著したとされる『念流兵法心得』には「相手の攻めを外すことのみに専心し、疲弊《ひへい》の隙に乗じて打つべし」とある。さらに「攻めに転じるや、果敢に相手の懐中《かいちゅう》へ飛びこみ、ひたすら面のみを狙うべし」とも綴《つづ》られてあった。

慈恩の唱えた理合を愚直に守りつづける流派こそ、上州馬庭に根付いた馬庭念流にほかならない。

粘り強く剛毅《ごうき》な剣は侍のみならず、農民たちにも遍《あまね》く広まっている。

土くさい実用の剣というのが、慎十郎の抱く馬庭念流の印象だった。

何よりも厄介なのは、鎬《しのぎ》を合わせて刀を吸いつける「続飯付《そくいづ》け」なる技だ。

これに嵌《は》まると、強力な磁力で力を減じられたようになり、至近からの突きや圧《へ》し斬りの餌食《えじき》になってしまいかねない。ゆえに、先手を打つのは避けるべきであったが、
慎十郎は勝負が長引くのを何よりも嫌う。

敢然と攻めた。

「はうっ」

撃尺の間合いに飛びこみ、素早く袈裟懸けを繰りだす。

相手は外さずに受け、ぴたっと刀を吸いつけてきた。
続飯付けだ。
大蛸《おおだこ》の吸盤に吸いつけられたかのごとく、刀を奪われそうになる。
それでも何とか粘り、刀をくっつけたまま、顔を至近に近づけた。
「ん」
長葱臭い。
相手はぱっと離れ、俯《うつぶ》せになるほど低く身構える。
そこへ、跫音《あしおと》が迫ってきた。
「慎十郎、殿はご無事か」
背中に聞こえたのは、友之進の声だ。
気を殺《そ》がれた隙に、刺客が斬りつけてくる。
「うっ」
咄嗟《とっさ》に向けた左肩を浅く斬られた。
反転しつつ、片手持ちで反撃する。
——しゅっ。
鬢の際を裂いた。

豆絞りが、ぱらりと落ちる。

刺客は掌《てのひら》で顔を隠し、闇《やみ》の向こうに消えていった。

「あやつめ」

吐きすてながらも、妙な感覚にとらわれる。

敵のような気がしないのだ。

「ようやった、慎十郎」

友之進が近づいてくる。

と同時に、ふたたび妾宅の戸が開いた。

安董があらわれ、笑顔を向けてくる。

「また、おぬしに助けられたな」

殿さまに褒められても、たいして嬉しくない。

それよりも、逃げた刺客の素姓が気になった。

七

丹波道場へ戻ってみると、薄暗い部屋のなかに、一徹と咲が座っていた。

「おふたりとも、どうなさったのですか」

何の気なしに問いかけると、一徹が困惑した顔を向ける。

「窪塚が消えおった。飯をつくる者がおらぬゆえ、困っておるのじゃ」

飯のことはともかく、窪塚忠也が道場から消えたことに衝撃をおぼえた。

「書き置きが残されておった」

そう言って、一徹は文を寄こす。

——数々のご厚情、御礼の申しあげようもございませぬ。お世話になりました。

たったそれだけの文面だ。

「所詮《しょせん》、その程度の男だったというはなしじゃ」

数日ともに過ごし、その人となりを気に入っていただけに、慎十郎の顔には口惜しさが滲《にじ》みでる。

「何も、おぬしが悲しむことはあるまい。門弟にした当初は文句ばかり吐いておったではないか。それより、飯をつくってくれ。咲も腹を空かせておる」

一徹と咲は腹が空きすぎたのか、さかんに腹の虫を「ぐびぐび」と鳴らしている。

「飯くらい、ご自分でつくったらいかがです」

「おっと、言うてはならぬことを言うたな。自分の役目を棄《す》てる気か」

「そういうことではなく、臨機応変に対応していただきたいと、そう申しあげているのです」

　咲がすっと立ちあがり、勝手のほうへ向かった。

　慎十郎は急いで追いかけ、肩に手を掛けるや、手首を摑まれて捻られる。

「……い、痛っ。放されよ」

　咲は怒った目を向けてきた。

「夕餉をつくることなど造作もない。されど、お祖父《じい》さまが許さぬ。わたしのつくった味噌汁では満足されぬと仰るのです」

　咲は喋りながら、涙目になってしまう。

　慎十郎は同情し、優しくことばを掛けた。

「汁の実は、豆腐と滑子《なめこ》でよろしいか」

　こっくりうなずく咲のことが愛おしくなる。

　抱きしめたい衝動を抑え、前垂れを着けた。

　それにしても、窪塚は何処へ行ってしまったのか。

「目途を失ったのかもしれぬと、お祖父さまは仰いましたよ」

　咲の台詞が、胸に引っかかった。

手際よく夕餉の支度を済ませ、三人で膳を囲む。

「ほう、煮蛸に空豆か」

「ちぎり蒟蒻《こんにゃく》の煮染めに、茄子《なす》の浅漬けもございますよ」

「ふふ、まあ、こんなもんだろう」

一徹は豆腐と滑子の味噌汁を啜《すす》り、満足げに椀《わん》を置く。

「窪塚が目途を失ったとは、どういうことにございましょう」

慎十郎に問われ、一徹は首をかしげた。

「さあな、はっきりとはわからぬ。ただ、ひとつだけ言えるのは、あやつが鋭い爪を隠しておったということじゃ」

「鋭い爪とは何です。窪塚はろくに竹刀も握れぬ男ですぞ」

「ふん、おぬしは人をみる目がないな。丹波一徹ともあろう者が、ろくに竹刀も握れぬ男を門弟にするとおもうか」

不敵に笑う一徹を、慎十郎は睨みつけた。

「窪塚はわざと弱くみせていたと、そう仰るのか」

「ああ、そうじゃ。わしはあやつがお辞儀をした刹那《せつな》に見抜いたぞ。ひとかどの剣士にちがいないとな。されど、あやつは咲と立ちあい、無様な負け方を演じてみせた。

わしはな、あやつがわざと負けた理由を知りたかったのよ」

「それで、門弟に」

「そうじゃ。されど、理由はわからず仕舞い。まさか、唐突に消えてしまうとはおもわなんだ」

咲は一徹のはなしを聞きながら、茄子の浅漬けをむぎゅっと噛《かじ》る。

そして、慎十郎の顔を黒目がちの大きな目でみつめた。

「今日はどちらへ行かれたのですか。石動さまが呼びにこられたご様子でしたが」

「それは言えぬ。密命ゆえな」

「ふん」

一徹が鼻を鳴らす。

「恰好《かっこう》つけるな。咲の問いにこたえよ」

「はあ」

慎十郎は観念し、安董の警護に就《つ》くべく、芝露月町の妾宅へ向かった経緯をかいつまんではなした。

「なるほどのう。おぬしは刺客に肩を斬られ、逆しまに、刺客の髷を裂いた。そういうことか」

「さようにござる」

「刺客は馬庭念流の構えをしてみせたと」

「はい」

返事をするや、一徹はぽんと膝《ひざ》を叩いた。

「それでわかった」

「何がでござりますか」

「その刺客、たぶん、窪塚忠也じゃ」

「ぶっ」

味噌汁を吹きそうになる。

一徹は身を乗りだした。

「よいか、筋書きはこうじゃ」

窪塚の目途は、安董の暗殺だった。

好機を探るため、慎十郎に近づいたのだ。

そして今日、好機がめぐってきたにもかかわらず、慎十郎に阻まれてしまった。

「おそらく、鬢に傷をつけられたゆえ正体がばれてしまうのを懸念し、道場から去ったにちがいない」

一徹は立て板に水のごとく喋り、どうだと言わんばかりに小鼻を膨らませる。

「あの者が竹刀を臍《へそ》のあたりに構えたとき、一度だけであったが、床から根が生えたように感じた」

「からだを幹に、剣を枝に喩《たと》えた構え」

「さよう。あれは馬庭念流の体中剣《たいちゅうけん》にほかならぬ」

ふと、頭に浮かんだのは、ふたりで根津界隈《かいわい》を散策したときにみつけた荒れ寺での出来事だ。

窪塚は「慈恩寺」という寺の名をみつけ、息を呑んだ。気のせいかもしれぬと、あのときはおもったが、やはり、特別の縁を感じたにちがいない。荒れ寺との関わりはよくわからぬが、慈恩は馬庭念流を創始した人物の名にほかならなかった。

嘘《うそ》を吐かれたことが判明しても、不思議と腹は立たない。

今度は道場で立ちあってみたいと、慎十郎は心から願った。

八

二日経った。

水無月晦日《みそか》は夏越《なごし》の祓《はら》い、神社の鳥居には茅《ち》の輪《わ》が掛けられ、潜れば災厄から逃れられるという。

咲に「会わせたい相手がいる」と袖《そで》を引かれたので、余計なことは聞かずに従いていった。

炎天下の往来に、冷水《ひやみず》売りが歩いている。

「えひゃら、ひゃっこい。甘露に白玉、一杯四文」

朝顔のかたちをした真鍮《しんちゆう》の丼《どんぶり》に魅かれたが、道を稼ぎたいので我慢する。

道端には西瓜《すいか》の断《た》ち売《う》りや、真桑瓜《まくわうり》を扱う水菓子売りなども見受けられた。

乾いた喉《のど》を潤したくなったが、咲の背中をひたすら追いかけるしかない。

四谷《よつや》までの長い道程を歩き、たどりついたのは鮫ヶ橋谷町《さめがはしたにまち》であった。

昼なお暗い界隈は、夜鷹《よたか》の会所があることでも知られている。

菰の重三郎との関わりから、慎十郎も足を向けたことがあった。

咲は谷底から露地に踏みこみ、幕臣とおぼしき小役人たちの住む粗末な組屋敷のひとつを指差した。

「あそこ」

組屋敷のひとつから、濛々《もうもう》と煙が吐きだされている。

火事ではない。

蚊遣《かや》りであった。

どぶ川も流れる谷底は蚊が多いので、煙で燻《いぶ》しだそうとしているのだ。

金持ちは香りのよい楠《くすのき》などを使うが、貧乏人は松や杉の青葉を燻す。

もちろん、組屋敷から吐きだされてくるのは、楠の煙ではなかった。

咲は朽ちかけた柱が立っているだけの門に近づき、内の様子を窺う。

武家の妻女がみずから洗濯をしており、四つか五つくらいの幼子が盥《たらい》のまわりを走っていた。

日没が近づいているものの、むっとするような暑さのなか、水の張られた盥だけが涼を感じさせる。

平屋の玄関口から、当主らしき人物があらわれた。

顔を確かめるなり、慎十郎は叫びそうになる。

窪塚忠也であった。

鬢に貼られた白い布は、慎十郎に裂かれた傷を隠すためであろう。

身を乗りだすと、咲にぐいっと袖を引かれた。

物陰から様子を眺めていると、窪塚は幼子の名を呼ぶ。

「一太郎《いちたろう》、剣術の稽古をするぞ」

「わあい」

窪塚は手に短い竹刀を握り、一太郎という息子にも同じ長さの竹刀を渡す。

「ほれ、打ちかかってこぬか」

「いえいっ」

一太郎が上段から打ちかかると、本気で弾いてみせる。

――ばしっ。

呆気《あっけ》なく、一太郎は転んだ。

「どうした、それで仕舞いか」

「まだまだ」

一太郎は打ちかかっては弾かれ、転んでも起きあがって打ちかかっていく。

厳しいなかにも父親の愛情を感じさせる稽古であった。

故郷の父をおもいだす。

幼いころは、あんなふうに鍛えてもらった。

微《かす》かな記憶だが、泣きべそを掻きながら、壁となって立ちはだかる父に何度も何度も打ちかかっていった。

あんなふうに息子を鍛える父親が悪人であるはずはない。

「咲どの、何故、ここがわかったのだ」

慎十郎は、窪塚から目を離さずに低声で聞いた。

「簡単なこと。刺客はいずれまたあらわれると踏み、脇坂家のお殿さまがおわす御上屋敷を張りこんだのです」

咲の心遣いを知り、涙が出そうになる。

「かたじけない」

「礼を言われる筋合いはありませぬ。わたくしとて、あのままでは済ませられぬとおもっておりましたゆえ。されど、わたくしの役目はここまで。あとは、おふたりでじっくりおはなしください」

咲は薄く笑みを漏らし、立ち去ってしまう。

慎十郎は覚悟を決め、物陰から一歩踏みだした。

門を潜り、相手の名を呼ぶ。

「おい、窪塚」

相手の顔が固まった。

緊迫した空気を察し、妻女は幼子を抱いて屋敷に隠れる。

慎十郎は不安を抱いたが、勇気を出して窪塚のそばへ近づいた。

「おぬし、幕臣なのか」

「いかにも」

窪塚は竹刀を捨て、あきらめたように応じた。

きりっとした表情は、道場に住みこんでいたころとは別人だ。

「いったい、誰の命で動いておるのだ」

「それを言わせるのか。おぬしも武士なら、察してくれ」

「密命を帯びた刺客が、ぺらぺら喋るわけにはいかぬということか。ならば、問いを代えよう。何故、丹波道場へまいったのだ」

窪塚はしばらく考え、おもむろに口を開いた。

「下梅林御門で待ち伏せしておると、おぬしが安董公を負ぶって駆けてきた。よほど信頼された家臣でなければ、あんなまねはできぬ。しかも、おぬしが藩士でもない一介の浪人と知り、俄然、興味が湧《わ》いた。毬谷慎十郎の近くにおれば、いずれ安董公を討つ好機が訪れると踏んだのさ」

「読みは当たったな」

「さよう。わしは心を鬼にして、密命をやり遂げるつもりでおった。たとい、おぬしが楯になろうとも、斬りふせて突破する自信はあった。されど、できなかった。最後の最後で、太刀が鈍った。おぬしがただのお人好しなら、躊躇《ちゅうちょ》はしなかったであろう。されど、おぬしのなかに揺るぎなき忠節《ちゅうせつ》をみつけ、心が折れた」

「わしに忠節はない。ただ、殿が好きなだけだ」

窪塚は意外そうに目を丸くし、ふっと笑う。

「羨ましいな。みずからの存念にしたがい、わしも好き勝手に生きてみたいものよ」

「教えてくれ。おぬしの忠節とは何だ」

慎十郎の問いかけに、窪塚は表情を引きしめた。

「役目に生き、役目に死ぬ。いかに理不尽な役目であろうとも、上に命じられたら唯々諾々《いいだくだく》としたがう。それこそが禄《ろく》を食《は》む武士というものだ」

「そんな忠節は捨てちまったほうがよい」

「なっ、何を申す」

「まがいものの忠節など、あっさり捨てちまえ」

「ふん、おぬしには守るべき者がおらぬ。独り身ゆえ、勝手なことが言えるのだ」

「妻子を持っても、わしは生き方を変えぬ。誰の縛りも受けず、好きなように生きていく。親から継いだちっぽけな禄を守るために、みずからの命を削り、理不尽な役目を成し遂げようとする。そんな生き方、ばかばかしいとはおもわぬか」

「ばかばかしいとおもったら、武士なぞやっていられぬわ」

「本音が出たな。おぬし、刺客などやりたくないのであろう。刀が鈍ったのは、そのせいではないのか。理不尽な密命など、やる必要はない。それでもやれと命じられたら、命じたやつを斬ればよい」

極端な言い分に、窪塚は片眉《かたまゆ》を吊《つ》りあげる。

「わしは二度まで失敗《しくじ》った。三度目も失敗ったら、腹を切れと言われた。武士なら意地をみせてみろとまで言われ、口惜しさで身も捩《よじ》れんばかりになった」

「悔しまぎれに、おのれの糞意地《くそいじ》をみせる気か」

「事を成し遂げれば、組頭に出世できる」

「ふん、出世を望んでおるのか」

「ああ、そうだ。出世すれば、どぶ臭い谷底から日の当たる場所へ逃れられる」

「今の暮らしから逃げだすために、汚れた役目に手を染めるわけか。そんな生き方はまちがっておるぞ。おぬしは本来の自分を見失っておる」

慎十郎は目に涙を溜《た》め、薄暗い空を見上げた。

「わしには夢がある。江戸に集う綺羅星《きらほし》のごとき剣士たちと相見《あいまみ》え、すべての剣士を倒して一番になる。そして、故郷に錦を飾るのだ」

「そのはなしは聞いた。夢を語るおぬしは、輝いておった」

「おぬしも夢があると言ったな。小さくとも、侍や町人や農民すらも集う町道場を開きたいと」

「戯《ざ》れ言《ごと》さ」

「いいや、あのときの顔は忘れておらぬぞ。真剣そのものであった。幕臣身分など捨てて、おのれの望む道を進め」

「ふん、できるわけがない。夢を追えば、路頭に迷うだけのはなしさ」

「いいや、おのれにやる気さえあれば、自然と人は集まってくる。ほどほどの暮らしなら、いくらでもできよう。要は、決断ひとつだ」

　窪塚はしばし黙りこみ、おもむろに口を開いた。

「何と言われようが、わしの気持ちは変わらぬ」

「いいや、変えてみせる。おぬしの気持ちが変わるまで、何度でもここに来るぞ。そして、同じはなしをしてやる。おのれの本心にしたがい、真っ正直に生きよとな」

　窪塚は放心したように慎十郎をみつめ、首を左右に振った。

「もう、帰ってくれ」

「ああ、帰るさ」

慎十郎は踵を返し、後ろもみずに歩きだした。

背中に貼りついた眼差《まなざ》しが、熱く感じられる。

それだけでも、来た甲斐《かい》はあったとおもった。

九

暦《こよみ》は替わり、立秋となった。

あいかわらず、残暑は厳しい。

友之進に窪塚の素姓を探ってほしいと頼んだが、三日経っても音沙汰《おとさた》はない。

夕刻になり、痺《しび》れを切らして辰ノ口の上屋敷を訪ねてみると、友之進はおらず、家老の赤松豪右衛門からお呼びが掛かった。

用人に案内され、家老の控え部屋へ導かれる。

「ごめん」

部屋にはいり、平伏した。

床の間には「常在戦場」と太い墨字で書かれた軸が掛かっており、白髪を鬢付け油でてからせた豪右衛門がちょこんと座っている。

「よう来た。おぬしを呼びにやろうとおもっていたところじゃ。じつはな、友之進が消息を絶った」

「えっ」

「おぬしのせいじゃ。事情は説かずとも、わかっておろう」

窪塚忠也の素姓を探っているうちに、行方知れずになったという。

「それは、何時《いつ》のことでござりますか」

「一昨夜はおったが、昨日は朝からすがたをみておらぬ」

「何処へ向かったか、お心当たりは」

「あるにはある。されど、ちと待て。順を追って説いてつかわすゆえ、まずははなしを聞くがよい」

豪右衛門は腕組みをし、草でも咀嚼《そしゃく》するように喋りはじめた。

焦《じ》れったくはあったが、詮方《せんかた》あるまい。

「おぬし、幕府小普請奉行の荒尾調所は存じておるか」

「はあ」

櫓普請の見物におもむいた際、竹橋御門の門前で見掛けた人物の顔をおもいだす。

たしか、鰓《えら》の張った四角い顔で、悪党にしかみえなかった。

「友之進によれば、窪塚忠也は荒尾調所の配下であった。そもそも、上州の小さな村を預かる名主の三男坊でな、父親が御家人株を買ったことで番方に籍を得たらしい」

意外な素姓だ。てっきり、親から幕臣身分を継いだのかとおもっていた。

窪塚は名主の子であったころから、すでに馬庭念流の道場で師範代をつとめるほどの力量をみせており、直参の番方同心に推挽《すいばん》されたのも、荒尾調所の目に留まったのも、剣術の力量が抜きんでていたからこそであった。

「代々番方を継いできたのではなく、窪塚は外からやってきた。余計なしがらみとは無縁ゆえ、刺客をやらせるにはもってこいの男だ。少なくとも、荒尾調所はそう考えたに相違ない」

「小普請奉行ともあろう者が、恐れ多くも、安董公を亡き者にしようと画策したのでござりますか」

「おそらくな。殿のお命を狙ったのは酒井家の連中だとばかりおもうておったが、どうやら、見込みちがいであったらしい」

荒尾調所は、叩けばいくらでも埃《ほこり》が出てくる身だという。

「水野さまのお気に入りゆえ、周囲から腫《は》れ物扱いされておったが、配下の者にじっくり探らせてみると、さまざまな疑惑が浮かんできおった」

いくつかの普請で、特定の請負商人との癒着《ゆちゃく》が濃厚に疑われた。

「たとえば、酒井家に割りふられたこたびの櫓普請もそうじゃ」

荒尾はかねてより昵懇の山中屋銀兵衛なる材木商に普請の差配を命じたが、山中屋は下請けに普請費用の半額しか支払っていないことが判明した。

「要するに、酒井家が負担した普請費用の半分は何処かに消えたのじゃ」

「何処に消えたのでござりますか」

「おそらく、大半は山中屋から荒尾調所のもとへ献じられたに相違ない」

賄賂《わいろ》である。

「只の賄賂ではない。酒井家の公金を横取りしたようなものじゃ」

「あやつめ」

慎十郎は、金魚の糞のごとく荒尾調所の尻に従いていた小太りの商人をおもいだしていた。

「悪事の証拠はまだない。ただし、山中屋へ潜らせた隠密が裏帳簿を入手した旨《むね》を伝えてきた」

そういえば、友之進からも豪右衛門が隠密を放ったことは聞いていた。

「わしひとりの判断じゃ」

当初の目途は、櫓普請が酒井家に割りふられた経緯を探ることにあった。やはり、老中水野忠邦の決定によることはあきらかになったが、小普請奉行の差配役は若年寄ということもあり、荒尾から水野へ賄賂《わいろ》が贈られたかどうかまでは探ることができなかった。

慎十郎は眉をひそめる。

「もしや、御家老のご判断が仇《あだ》になったのでは」

「じつは、わしもそうおもうておる」

脇坂家の放った隠密の動きを察した荒尾調所が先手を打つべく、安董のもとへ刺客を放ったにちがいないと、豪右衛門は素直にみとめた。

「それを証拠に、隠密は消息を断ってしまいおった」

連絡役《つなぎ》を命じられていたのが、友之進であったという。

「消息を絶った隠密を探しにいって、みずからも捕まったのであろう。そうとしか考えられぬ。おぬしも親しい友の安否が心配じゃろうな。ひょっとしたら、今ごろは生きておらぬかもしれぬぞ。どうじゃ、友之進を探しだしてくれぬか」

もちろん、探すのは吝《やぶさ》かでない。

向かうべきは、普請費用の中抜きをした悪徳商人のもとだ。

が、只《ただ》では動かぬ。

慎十郎は、がばっと畳に両手をついた。

「御家老から安董公へ、ひとつお願いしていただきたいことがござりまする」

「何じゃ」

問われて顔をあげ、慎十郎は膝を躙りよせた。

額を近づけ、低声で何事かをぼそぼそ告げる。

豪右衛門は渋い顔をしたが、安董に願い入れだけはしてみようと応じた。

「されば、今から鎌倉河岸へ行ってまいります」

「少々なら、手荒なまねをしてもよいぞ」

「まことでござりますか」

「ああ、まことじゃ」

「御家老のお墨付きがあれば、心強うござる」

豪右衛門は、ぎろりと睨みつける。

「忘れるなよ。おぬしは、わが藩とは何の関わりもない。ひとりの友として、友之進を救いに向かうのじゃ」

事ここに及んでも、保身に走る気か。

慎十郎は舌打ちし、存念を吐きだす。

「情けない。まるで、芥子粒《けしつぶ》大の度量でござるな」

「何じゃと。それが脇坂家の家老にたいする態度か。わしはな、藩のためをおもうて言うておるのじゃ」

「承知つかまつりましたよ」

おもいきり、口調に皮肉を込める。

「ふん、糞生意気な若造め。早《はよ》う行ってこい」

「はっ」

慎十郎はやおら立ちあがり、家老部屋から飛びだした。

十

屋敷の外は暗く、常盤橋《ときわばし》御門を抜けて濠端を渡ると、町屋に並ぶ家々の灯《あか》りが点々としていた。

濠端に沿って歩き、竜閑橋《りゅうかんばし》を渡れば、鎌倉河岸はすぐそこだ。

道端に点る赤い行燈《あんどん》看板には「麦湯」とある。

見世《みせ》では麦湯だけでなく、桜湯《さくらゆ》や葛湯《くずゆ》やあられ湯なども売っていた。

客足が絶えぬ理由は、愛嬌《あいきよう》のある娘が給仕をやっているからだろう。

ふらりと立ち寄り、香ばしい桜湯で渇いた喉を潤す。

竜閑橋を渡ると、迷子の報《しら》せを貼った石塔があり、石塔の脇《わき》を抜けた濠端に河岸が広がっていた。

かつては、城の石垣にする石が鎌倉から運びこまれたところだ。

今もその名残《なごり》なのか、普請に関わる商家の店や蔵が軒を並べている。

山中屋はすぐにわかった。

濠端にひときわ大きな店を構えており、蔵も三つ並んでいる。

普請費用の中抜きをやり、荒稼ぎした金で建てたのかとおもえば、腹も立った。

店の戸は開いている。小僧がちょうど、閉めようとしているところだった。

「待て」

慎十郎は大きなからだを揺らし、毛臑《けずね》を剥いて敷居をまたいだ。

「たのもう」

小僧を顧みることもなく、野太い声を張りあげる。

「主人はおるか」

さらに、壁が震えるほどの大声を張りあげた。

すると、奥から破落戸《ごろつき》どもが飛びだしてくる。

阿漕《あこぎ》な商売をやっているだけあって、飼っているのも悪党面の連中だ。

「おぬしらに用はない。怪我をしたくなければ、主人の銀兵衛を呼べ」

「てめえは誰だ」

「誰でもよい」

慎十郎は草履《ぞうり》も脱がず、板敷にあがろうとする。

「待ちやがれ、こんにゃろ」

威勢のいい男が拳で撲りかかってきた。

慎十郎は避けない。

——がつっ。

固い額を差しだすと、男の拳が砕けた。

「ほらな、言ったろう」

ほかの連中が取りかこむ。

奥からも新手が飛びだしてきた。

全部で十人は超えており、帳場のまわりは雑魚《ざこ》どもで埋まった。

「しゃらくせえ、殺《や》っちまえ」

気の短い連中が匕首《あいくち》を抜く。

突きかかってきたひとりの腕を取り、土間に抛《ほう》り投げてやった。

ふたり目は顔に拳を埋めこみ、三人目は回し蹴りの一撃で仕留める。

それでも、掛かってくる連中を束にまとめ、つぎつぎに後ろへ投げた。

あっというまに、怪我人の山が築かれていく。

店のなかが呻《うめ》き声で溢れるなか、奥から小太りの商人があらわれた。

銀兵衛だ。

手には、黒光りした短筒を握っている。

「でかいの、何か用か」

予想どおり、横柄な男のようだった。

慎十郎は少しも慌てず、じりっと身を寄せる。

「動くな。二連発だぞ」

「それがどうした。ほれ、撃ってみよ」

「よし」

銀兵衛は、引鉄《ひきがね》に人差し指を引っかける。

「外さぬぞ。死にたくなければ、用件を言え」

「脇坂家の者がおるであろう。こっちに渡してもらおうか」

「なるほど、おぬし、龍野藩の藩士か」

「いいや、藩士ではない。ただの浪人だ」

「ただの浪人が、何故、隠密《おんみつ》どもを奪いかえしにきたのだ」

「ほうら、喋った。やっぱり、友之進はここにおったわ」

「はしゃぐな」

銀兵衛が一喝した。

「生きているとはかぎらぬぞ」

慎十郎は怯《ひる》まない。

「死んでおれば、骨を拾っていくまでだ」

「黙れ。おぬしこそ、骨になるがよい」

言うが早いか、銀兵衛は引鉄を引いた。

――ぱん。

乾いた音とともに、鉛弾が飛びだす。

　だが、慎十郎のすがたはない。

「げっ」

　むささびのように跳躍し、銀兵衛の眼前にふわりと降りたった。

「うえっ」

　素早く短筒を払う。

　――がつっ。

　頭突きを一発見舞うと、小太りの男は白目を剝いた。

「目を覚ませ」

　頰に平手打ちをくれ、襟を摑んで捻《ね》じりあげる。

「……く、苦しい……は、放してくれ」

　じたばたしても、慎十郎からは逃れられない。

「友之進は生きておるのか」

「……い、生きておる」

「もうひとりの隠密は」

「……そ、そっちも……い、生きておる」

「何処に隠した」

「……く、蔵だ」

「よし」

手を放した途端、銀兵衛は激しく咳《せ》きこんだ。

「蔵へ案内せよ」

「……わ、わかった」

銀兵衛はふらつく足取りで土間に降り、萎《しお》れた恰好《かっこう》で歩きだす。

牙《きば》を折られた破落戸どもは抵抗もせず、ただ見送るしかない。

隣に並んだ蔵のひとつへ近づき、銀兵衛は南京錠《なんきんじょう》を開けた。

堅固な石の扉が開くと、一寸先もみえぬほどの暗闇《くらやみ》がある。

「この奥にいる」

銀兵衛はさきに踏みこみ、手燭《てしょく》に火を灯《とも》した。

慎十郎もあとにつづく。

妙だなと感じたのは、気のせいか。

銀兵衛の左手がすっと伸び、壁から突きでた棒を押した。

「ぬわっ」

腰が浮き、つぎの瞬間、奈落《ならく》に落ちる。

棒を押すと、床が抜ける仕掛けになっていたのだ。

「ぬひゃひゃ、また引っかかった。おぬしで三人目じゃ」

慎重な友之進が捕まった理由も、ようやくわかった。

穴は井戸のように深く、底には水が張ってある。

慎十郎はしかし、奈落に落ちていなかった。

咄嗟に右手を伸ばし、穴の端を摑んでいたのだ。

「ぬおっ」

両手を端に掛け、ぐんと身を持ちあげる。

「うげっ」

面前に飛びだした慎十郎に驚き、銀兵衛は腰を抜かしかけた。

「さあ、案内しろ」

「……は、はい」

友之進は隠密ともども、大黒柱に縛りつけられていた。

「おい、生きておるか」

返事はない。

猿轡《さるぐつわ》を嚙《か》まされている。

「友之進よ、わしだ」

もう一度呼びかけると、ふたりはもぞもぞ動いた。

疲弊しきっているが、命に別状はなさそうだ。

銀兵衛に命じて縄を解かせ、猿轡も外させた。

酷《ひど》い責め苦を受けたらしい。

ふたりとも、瞼《まぶた》がどす黒く腫《は》れていた。

竹筒から交互に水を呑ませてやった。

友之進がようやく、薄目を開ける。

「……し、慎十郎か」

「おう、助けにまいったぞ」

「……あ、ありがたい……お、おぬしが来てくれるとはな」

「水臭いことを抜かすな。鎬を削った仲ではないか」

優しいことばを掛けてやると、友之進は柄にもなく涙を浮かべた。

「どうした、嬉し泣きか」

「いいや、腹が減って仕方ないのさ」

「ふたりとも、たらふく食べさせてやる。されど、そのまえに悪党どもの始末をせにゃならん」

「案ずるな、証拠は揃っておる」

友之進のことばに、銀兵衛はうなだれた。

慎十郎が鬼の形相で迫り、襟首を捻りあげる。

「ひぇっ、ご勘弁を」

「勘弁できぬ」

ばこっと、拳で頬を撲った。

「やめておけ。そいつは悪事の生き証人だ」

友之進のことばにうなずきつつも、もう一発反対の頬を撲りつける。

悪徳商人と通じた小普請奉行の悪事は、遠からず暴かれることだろう。

慎十郎にはもうひとつ、やらねばならぬことがあった。

十一

脇坂安董は迷っていた。

ふたたび、鬼になるべきか否か。

寺社奉行であった四年前、但馬出石藩で勃発《ぼっぱつ》した御家《おいえ》騒動を徹底して調べ、争う当事者の一方に加担した老中首座の松平康任を失脚に追いこんだ。康任に六千両もの賄賂が不正に渡っていたことを暴き、騒動の原因をつくった仙石家の重臣たちにたいしては厳正な裁きをおこなった。そのときの実績を時の将軍であった家斉公から高く評価され、老中に抜擢《ばってき》されたのだ。

まさに「辰ノ口の不動明王」と評される安董の面目躍如《めんもくやくじょ》ともいうべき出来事であったが、権力の座に君臨《くんりん》していた松平康任を追いおとすべく、ともに汗を掻いた人物こそ、水野忠邦にほかならなかった。

騒動ののち、康任の領する浜田《はまだ》藩が藩ぐるみで密貿易をおこなっていると疑い、これを調べあげて永蟄居に追いこませたのも、次期の老中首座を狙う忠邦の指図であった。このときも不正を嫌う安董は協力し、権力の闇に巣くう獅子身中《しししんちゅう》の虫を見事に排除してみせた。

脇目も振らずに権力の座を狙う忠邦は今、康任と同様の疑惑にさらされつつある。

普請費用を水増しして諸大名に押しつけ、子飼いの小普請奉行を使って普請の元請けから賄賂を還元させている疑いだ。

疑惑を徹底して追及し、飛ぶ鳥を落とす勢いの忠邦を谷底へ引きずりおろすべきか否か、安董は夜も眠れぬほど悩みぬいた。

古希を越えても、悪事不正を憎む気持ちは誰にも負けない。

やる気はある。ただ、疑惑を追及することが徳川家やこの国にとって必要なことかどうかを熟考しているのだ。

おもえば、権力を奪うことと清廉《せいれん》さを保つこととは、対極にあるのかもしれない。

上に立つ者には清濁併《せいだくあわ》せのむ度量が求められるのではあるまいか。

天災や飢饉《ききん》によって日の本は疲弊し、世の中には人々の憤懣《ふんまん》が渦巻いている。

はたして、忠邦のほかに、眼前に横たわる荒波を乗りきっていける者がいるのだろうか。

山中屋銀兵衛の詮議《せんぎ》は龍野藩邸内で隠密裡《おんみつり》におこなわれ、小普請奉行である荒尾調所の賄賂強要はあきらかとなった。証拠を固めて老中たちの陪席する閣老直評定に掛ければ、十中八九、荒尾は断罪されるにちがいない。

それを恐れた荒尾が安董を亡き者にしようとしたことも容易に想像できたが、そちらの罪を追及するつもりはなかった。

安董の関心は、荒尾と忠邦との関わりである。

荒尾を責めて、老中の不正に関する言質《げんち》を引きだすべきかどうか。

こたえの出ぬままに登城し、城内の松之廊下を渡っていると、嘉祥の日と同様に、廊下の向こうから忠邦がやってきた。

安董はふと、この瞬間に判断を委《ゆだ》ねようとおもった。

よそよそしい顔で擦れちがうだけならば、覚悟をもって不正を追及する。

足を止めて謝罪の姿勢をみせるようなら、追及は止《や》めて幕政の舵《かじ》取《と》りを任せる。

鬼になるかどうかの分岐点は、松之廊下のただ一点、この瞬間にかかっている。

はたして、忠邦は足を止めた。

「中務大輔どの」

掠《かす》れた声で呼びかけ、安董の目をまっすぐにみて、こう言ったのだ。

「櫓普請の段、それがしに他意はござらぬ。されど、誤解を招いたようならば、このとおり、陳謝申しあげたてまつりまする」

忠邦は深々と頭《こうべ》を垂れ、憐《あわ》みを請うような眼差しを向けた。

あのときと同じだと、安董はおもった。

権力の座に君臨する松平周防守康任の不正をともに追及してほしいと、忠邦はこの手を取って懇願した。あのときと同じ目だ。

「されば、失礼つかまつる」

忠邦は廊下の向こうへ去った。

「ふん、徳俵で残ったか」

安董はひとり松之廊下に佇み、不敵な笑みを浮かべてみせた。


数日後。

午後になると残暑は薄らぎ、市中に涼風が吹きぬけた。

市松《いちまつ》模様の屋根も鮮やかに、担ぎの虫売りが歩いている。

「蛍《ほたる》、蟋蟀《こおろぎ》に松虫、鈴虫」

小普請奉行の荒尾調所は謹慎《きんしん》の身となり、閣老直評定において切腹の沙汰が下りる見込みとなった。櫓普請を仰せつかった酒井家にはそれ相応の費用負担のみが課され、当初の見込みよりも大幅に減額されたことで、藩士たちも少しは溜飲《りゅういん》を下げたらしい。

言うまでもなく、水野忠邦の罪が取り沙汰されることはなかった。

無論、松之廊下を渡ることのない慎十郎には関わりのないはなしだ。

今は、ひとりの男を失意のどん底から救いたいとおもっている。

理不尽な密命を帯びた窪塚忠也のことだ。

荒尾調所に命じられて刺客となり、二度も安董を襲った。

さらに、三度目の機会も訪れた。

荒尾が謹慎となる直前のことだ。

安董の下城を狙うべく、単身、和田倉御門の外で待ちぶせをはかった。

されど、ついに、窪塚は密命を果たすことができなかった。

刀を抜くかわりに跪き、みずからの過ちを悔いるべく、潰《つぶ》れ蛙《がえる》のように平伏した。

門番が証言している。

安董と供人の一行は一顧《いっこ》だにせず、辰ノ口のほうへ去っていった。

窪塚はそれから数刻ものあいだ、死んだように平伏していたという。

そのとき、幕臣として禄を食む窪塚忠也は死んだ。

事実、斬首《ざんしゅ》の沙汰が下りれば、潔く死ぬ気であった。

しかし、上役の荒尾が謹慎となってからも、何ひとつ沙汰は下されなかった。

このまま黙っておれば、幕臣をつづけることはできたかもしれない。

ただし、いかに理不尽な命であろうとも密命を果たせなかった者として、けじめをつけねばならなかった。

窪塚は役目を辞し、浪々の身となった。

組屋敷からも退去し、生活のあてすらもなく、同じ鮫ヶ橋谷町の谷底でみつけた裏長屋に身を寄せ、家族三人、鬱々《うつうつ》とした日々を送ることになったのだ。

ちょうどそこへ、慎十郎がみはからったように訪れた。

「荷物をまとめて従いてこい」

怒ったように言いはなち、有無を言わせずに窪塚を連れだした。

「いったい、何の用だ」

問われてもこたえず、妻子もいっしょに丹波道場へ向かった。

道場では一徹と咲が、いつもと変わらぬ顔で窪塚を出迎えた。

「ふうん、おぬしに妻子がおったとはのう。ご妻女はよほどの物好きとみえる」

一徹の戯れ言で、窪塚も少しは気持ちが解《ほぐ》れたのであろう。

「わしらをどうするつもりだ」

と、不安げに問うてきた。

それでも、慎十郎は笑ってこたえない。

「従いてこい」

ひとこと告げ、丹波道場から外へ出た。

窪塚と妻子は仕方なく、従いていくしかない。

一徹と咲も「おもしろそうだ」と言いながら従いてきた。

一行がたどりついたのは根津にある寺町の一角、袋小路の行きどまりにある荒れ寺だった。

「おぼえておるか、慈恩寺だ」

「もちろん、おぼえておるとも」

「調べてみると、持ち主はおらぬようでな。寺社奉行の許しを得るだけで、借りうけられるそうだ」

「えっ」

「そっちのほうは心配せずともよい。脇坂家のお殿さまがはなしをつけてくれよう。おぬしさえよければ、ここをねぐらにして道場をはじめたらどうだ。小さくとも、侍や町人や農民すらも集う道場を開きたい。それがおぬしの夢ではないのか」

窪塚は目を丸くさせたまま、返事もできずにいる。

ようやく、漏れたことばは震えていた。

「……で、できぬ。わしには、できぬ」

「自信がないのか」

「ああ、そのとおりだ。わしには剣客としての名声も実績もない。門弟など、ひとりとして集まるものか」

「やってみなければわかるまい。おぬしには馬庭念流という武器がある。馬庭にしかない流派ゆえ、江戸で開けば物好きな連中が覗きに来よう。それにな、すでに門弟は集まっておる」

「えっ」

「門のなかへはいってみろ」

促されるがままに、窪塚は門の敷居を踏みこえた。

慎十郎が大声で叫ぶ。

「友之進」

「おう」

凛《りん》とした返事とともに、友之進が本堂からあらわれた。

ひとりではない。胴着を着た月代頭の侍が、ぞろぞろやってくる。

数は二十や三十ではきかず、本堂の前庭を埋めつくすほどであった。

友之進が窪塚に告げた。

「酒井家と脇坂家の藩士たちだ。無理に連れてきたわけではないぞ。馬庭念流に興味のある者を募ったら、これだけ集まった。あとは、おぬしの教え方次第だ」

「……な、何故、それがしなんぞに、ここまでしていただけるのか」

これこそ、慎十郎が家老の豪右衛門を通じて安董に懇願したことにほかならない。

「事情をおはなし申しあげたところ、殿はえらく同情なされてな。性悪な上役に当たったのが不運であった。幕臣を辞めたところで、人生が終わったわけではない。一からまた出直せばよいと励ましのことばをおっしゃった」

慎十郎は歩みより、窪塚の肩を叩く。

「ふふ、殿はな、金は出さぬが、門弟はいくらでも出すそうだ。ご厚意を受けとれ。わしの顔を潰すな」

「……か、かたじけない」

窪塚は滂沱《ぼうだ》と涙を流し、その場にくずおれてしまう。

咲が叫んだ。

「さあ、景気づけに乱取り稽古をいたしましょう」

みずから竹刀を掲げ、藩士たちのあいだに躍りこんでいく。

「いえい、たあっ」

友之進も喜々として気合いを発し、崩れかけた本堂に活気が漲《みなぎ》りはじめた。

「よし、わしも」

一徹も竹刀を握り、藩士たちを手当たり次第に打ちのめしていく。

みなの気配りが嬉しく、慎十郎は感無量になった。

幼子の一太郎までが竹刀を手にして飛びこんでいくと、窪塚の顔が生き生きと輝きはじめた。

「その顔だ。おい、窪塚、わしと勝負しろ」

「のぞむところだ」

慎十郎と窪塚は竹刀を持って対峙《たいじ》し、どちらからともなく、果敢に打ちかかっていった。

遺恨あり

一

湯島天神《ゆしまてんじん》の高台から眼下をのぞむと、家々の屋上に背の高い竿竹《さおだけ》が揺れていた。今日は七夕《たなばた》、五色の短冊や吹流しなどで飾られた竿竹が高さを競うように林立している。

「壮観だな」

慎十郎はつぶやいた。

風が吹けばさらさらと、耳に心地よい笹《ささ》の音が聞こえてくる。

「心が洗われるようだ」

文月《ふみづき》七日はまた江戸じゅうの井戸を洗う井戸替えの日でもあり、緩やかな女坂を上り下りする人々の顔も心なしかこざっぱりしてみえた。

かたわらに立つ咲も、七夕の風景を堪能《たんのう》している。

例年ならば一徹とともに高台へ上るのだが、一徹から「膝《ひざ》が痛いからふたりで行っておいで」と送りだされた。何となく淋《さび》しい気もしたが、慎十郎とふたりで出掛けるのもわるくない。最初は気恥ずかしかったものの、屈託《くったく》のない笑顔で喋《しゃべ》りかけられるうちに余計な感情は薄らいでいった。

日没は近い。

紅《くれない》に燃える町並みを眺めようと決め、ふたりはさほど広くもない境内《けいだい》を散策しはじめた。

手水場《ちょうずば》で手を浄《きよ》め、ふたりして撫《な》で牛に触り、梅園のなかにある迷子《まいご》石《いし》を眺める。

石柱の右側には「たつぬるかた」と、左側には「をしふるかた」とあり、何枚もの紙が貼《は》ってあった。なかには迷子ではなしに、金釘《かなくぎ》流の字で「仇《かたき》は何処《いずこ》」と書かれたものまで見受けられる。これにたいするこたえは「すでにあの世」であろうか。

悪戯《いたずら》なのか、慰めなのか、それとも、あきらめろという教訓なのか、定かではない。

何となく虚しい気持ちを抱えながら、総檜造《そうひのきづく》りの本殿へ詣《もう》でた。

地主神を祀《まつ》る戸隠《とがくし》神社も詣《まい》り、束となってぶらさがる絵馬などをみてまわる。

陽《ひ》が落ちる。

家々が夕焼けに染まる絶景は、息を呑《の》むほど美しい。

しばらく黙って景色を堪能し、どちらからともなく踵《きびす》を返す。

と、そこへ、男の怒声が響いてきた。

「土下座《どげざ》せい、早《はよ》う土下座せい言うとろうが」

鳥居の向こう、男坂のほうからだ。

野次馬に混じって足を向けると、裾《すそ》の長い袴《はかま》を穿《は》いた若侍たちが五人、旅装に身を固めた五十前後の侍を怒鳴りつけている。

侍は背後に、同じく旅装姿の武家女房を庇《かば》っていた。

ふたりは半円に囲まれ、坂の際《きわ》まで追いつめられている。

足を踏みはずせば、三十八段ある急な石段を転げ落ちるしかない。

危うい情況であった。が、若侍たちの迫力に気圧《けお》され、誰ひとり助けようとする者はいない。

「慎十郎さま」

咲はうなずくや、脱兎《だっと》のごとく走りだす。

慎十郎も急いで、ほっそりした背中を追いかけた。

若侍のひとりが身を寄せ、初老の侍の肩を小突く。

「ほれ、抜いてみよ」

若侍は一歩後ろに退《さ》がり、挑発するように抜刀してみせた。

ほかの連中もつられて抜くと、野次馬たちは蜘蛛《くも》の子を散らすように逃げていく。

ぽっかり空いた隙間《すきま》へ、咲が飛びこんでいった。

「お待ちなさい」

凛《りん》とした物言いに、若侍たちが振りむく。

「何じゃ、おぬしは。邪魔だていたすな」

「多勢に無勢とは卑怯《ひきょう》なり。しかも、そちらは旅の年長者とお見受けいたす」

「だから何じゃ」

「見過ごすわけにはまいらぬ」

咲はすっと腰を落とし、相手を睨《にら》みつける。

別の若侍が言った。

「怪《け》しからぬのは、あのおなごじゃ。わしの鞘《さや》にぶつかったにもかかわらず、謝りもせぬ」

すかさず、武家女房は叫んだ。

「言いがかりにござります。この方たちは路銀《ろぎん》めあてに、言いがかりをつけておられるのです」

咲の後ろに、慎十郎がのっそり近づいてきた。

若侍たちは刀を握ったまま、こちらに身を寄せてくる。

「よくみれば、若党の恰好《かっこう》をしたおなごではないか。それと、後ろの木偶《でく》の坊《ぼう》、おぬしは何じゃ。文句でもあるのか」

「ある。おぬしら、何処《どこ》の門弟たちだ」

鋭く見抜いて指摘すると、若侍たちは黙った。

「何も隠すことはない」

丈の高い男が、後方から踏みだしてくる。

どうやら、首領格のようだ。蒼白《あおじろ》い顔は真桑瓜《まくわうり》のように細長く、その男だけは刀を抜いていない。

できるなと、慎十郎は察した。

咲もそうおもったのか、爪先《つまさき》にぐっと力を込める。

「わしらは士学館《しがくかん》の者だ」

士学館は京橋《きょうばし》の蜊河岸《あさりがし》にある。流派は鏡心明智流《きょうしんめいちりゅう》、館長は代々「桃井春蔵《もものいしゅんぞう》」という名跡を襲名する。今の直雄《なおかつ》はたしか、三代目のはずだ。慎十郎は一年ほどまえに立ちあい、完膚無《かんぷな》きまでに打ちのめしたおぼえがあった。

「おぬしら、土佐《とさ》の藩士か」

「ようわかったな」

「一年前、士学館の看板を外させてもらった。ふふ、道場荒らしだ。そのときに士学館は土佐藩士の牙城《がじょう》だと聞いたが、歯ごたえのある者はひとりもおらなんだぞ」

「わしらの入門は三月前ゆえ、一年前のことなど知らぬ。されど、そっちの女剣士は一度だけ目にしたことがあるぞ。おぬし、出稽古《でげいこ》に来たことがあったな。名はたしか、丹波咲」

ほかの四人は、あきらかに動揺した。

咲の名はその強靱《きょうじん》さとともども、町道場の門弟たちのあいだに知れわたっているのだ。

慎十郎は誇らしくもあったが、自分が知られていないことに腹を立てた。

蒼白い顔の男が嘲笑《ちょうしょう》する。

「剣術指南ができると申しても、所詮《しょせん》はおなご、真剣で立ちあえば尻尾《しっぽ》を巻いて逃げるにちがいない」

「ためしてみましょうか」

咲は身構え、刀の柄《つか》に手を添えた。

これをいつもとは逆に、慎十郎が制する。

蒼白い顔の男は、鼻を鳴らした。

「ふん、やらぬさ。おなごを斬《き》っても、夢見が悪くなるだけ。後ろのでかいのとなら、やってもよいがな」

「のぞむところだ」

慎十郎は咲を押しのけ、大股《おおまた》で一歩踏みだした。

たがいの殺気が膨らみ、ほかの連中は納刀しながら後退《あとじさ》る。

旅装の侍と武家女房は身を固めたまま動かず、野次馬たちは息を呑んだ。

蒼白い顔の侍が、じりっと間合いを詰めてくる。

「わしは菊間《きくま》恭四郎《きょうしろう》、おぬしは」

「毬谷慎十郎だ」

「その名、読売で目にしたことがある。ふむ、まちがいない。たしか、道場荒らしで名を馳《は》せた虎《とら》が女剣士に敗れ、飼い猫も同然になったと綴《つづ》られておった。おい、みんな、笑ってやれ。あやつはおなごの飼い猫じゃ」

手下とおぼしき若侍たちは、仰《の》けぞって大笑いしだす。

慎十郎は奥歯を嚙《か》みしめ、藤四郎吉光の柄に手を添えた。

「お待ちくだされ」

初老の侍が割ってはいる。

「霊験あらたかな天神さまの御前で刃傷沙汰《にんじょうざた》はいけませぬ。それがしが謝れば、それで済むはなしにござります」

侍は、ぺたっと地べたに正座する。

居ずまいを正し、頭を下げた。

「このとおり、無礼の段をお許しくだされ」

菊間恭四郎は鼻白んだ顔で横を向き、ぺっと唾《つば》を吐きすてる。

そして肩の力を抜き、乱暴に言いはなった。

「まいるぞ」

若侍たちを率いて、急な石段を下りていく。

慎十郎は追いかけようとして、こんどは咲に袖《そで》を摑《つか》まれた。

「無駄な争いは止《や》めましょう」

野次馬たちはつまらなそうに散り、あたりは元通りになった。

「かたじけのう存じます」

初老の侍が武家女房をともない、とことこ近づいてくる。

「それがし、土佐藩の元郷士で、国分縫之助《こくぶぬいのすけ》と申します。これは息子の嫁で智里《ちさと》にございます」

「驚いたな。もしや、土佐から江戸へまいられたばかりか」

慎十郎の問いに、国分は苦笑いする。

「いかにも。右も左もわからぬゆえ、とりあえず高台から町を見下ろそうとこちらへ。すると、よりによって、土佐藩の連中に難癖をつけられてしまいました。同郷の者と気づかれたら、たいへんな目にあうところでございました。下手をすれば、その場で手討ちにされておったやもしれませぬ」

「まさか、手討ちはなかろう」

「いいえ。あの菊間なる御仁、姓から推すに、ご重臣のご子息にございましょう。土佐藩の上士にとって、郷士は芥《ごみ》も同然、往来で出会《でくわ》せば、雨の日でも地べたに座って両手をつかねばなりませぬ」

「まことかよ」

そもそも、郷士は関ケ原《せきがはら》の戦いで東軍に負けた長宗我部《ちょうそかべ》家の家来衆に繋《つな》がるので、藩政を司《つかさど》る山内《やまうち》家に代々仕える者たちからみれば、戦さに負けたのに「何代にもわたって食わせてもらっている連中」にすぎず、公然と蔑《さげす》まれる傾向が強かった。

「そもそもは敵同士ですから、何代経《た》ってても折りあうはずはございませぬ。こればかりは致し方のないことなのでございます」

国分はみずからに言いきかせ、くいっと顎《あご》を持ちあげる。

「それはそうと、さきほど菊間某《なにがし》の漏《も》らしたご姓名を小耳に挟みました。もしや、そちらさまは、丹石《たんせき》流を修められた丹波一徹先生のお孫さまではござりますまいか」

おもいがけぬ指摘に、咲は戸惑った。

「さようにござりますが」

「おお、これは何たる奇遇、神仏のめぐりあわせにござりましょう。もう二十数年前のはなしになりますが、丹波先生が廻国《かいこく》修行の折に土佐の城下へお立ちよりになったことがありましてな、そのとき、幾日か身のまわりの世話をさせていただきました」

「それはそれは」

「よろしければ、ご挨拶《あいさつ》をさせていただけませぬか」

「もちろんにござります」

一徹は暇を持てあましているので、昔馴染《むかしなじ》みの来訪は大歓迎であろう。

慎十郎は浮きたつ気分になり、急な男坂を先頭に立って下りはじめた。

二

国分縫之助のすがたを目にし、一徹は顔を皺《しわ》くちゃにして喜んだ。

「おう、縫之助、生きてまた会えるとはおもってもみなんだぞ」

「それがしもでござります。その節はたいへん、お世話になりました」

「何を申すか。世話になったのは、わしのほうじゃ。さあ、あがれ。咲は酒の支度を」

「はい」

一徹は手ずから国分を招き、道場の奥にある客間へ導いた。

智里という嫁がつづき、慎十郎も末席に座った。

咲が燗酒《あつかん》を運んでくる。

国分は腰を落ちつけると、あらたまって挨拶をした。

「お懐かしゅうござります。先生にはご流派の奥義まで教えていただき、あのときにおぼえた喜びは忘れようにも忘れられませぬ」

「何の。おぬしから受けた恩にくらべれば、些細《ささい》なことじゃ。ところで、精進はかさねておるのか」

「先生に課された日に一千回の素振り、一日たりとも欠かしたことはございませぬ」

「さすが、粘りが信条の国分縫之助よ。おぬしは、土佐藩でも屈指の剣士であった」

ふたりは旧交を温めつつ、尽きぬはなしに花を咲かせた。

慎十郎と咲はじっくり耳をかたむけつつ、二十数年ぶりに再会したふたりの関《かか》わりの深さをおもった。

それにしても、国分が土佐藩屈指の剣士だったとは意外である。

「あのときはまだ、三十そこそこの若侍であったな。おぬしは獣のように、ぎらぎらしておった。慎十郎よ、この縫之助はな、土佐居合の達人なのじゃ。三尺（約九十センチメートル）余りの長い刀を電光石火のごとく抜いてみせるのよ」

「卍抜《まんじぬ》けにございますか」

「おお、そうじゃ。才のある者にしかできぬ抜刀術じゃ」

土佐居合とは、長谷川英信《はせがわえいしん》を初代とする無双《むそう》直伝英信流の別名である。土佐と信州《しんしゅう》において継承され、土佐藩では門外不出のお留《と》め流に定められた。「双手《もろて》早抜《はやぬ》き」で知られる「卍抜け」は林崎夢想《はやしざきむそう》流の秘技として知られるが、英信は同流の七代目でもあったので、当然のごとく土佐藩の剣士たちにも伝えられたのである。

「左手で鞘を引きよせて鯉口《こいぐち》を切りつつ、右手で柄を握ってまっすぐに頭の上まで抜きあげる。左右別々の動きを淀《よど》みなく瞬時におこなわねばならぬ。肝要《かんよう》なのは、おもいきりのよさじゃ。心に迷いが生じ、抜きが少しでも遅くなれば、みずからを傷つけることにもなろう。まさしく、心技体が充実しておらねば繰りだせぬ秘技中の秘技、それこそが卍抜けなのじゃ。わしも縫之助に教わって挑んでみたが、容易にはできぬ技であったわ」

気持ちの籠《こ》もった一徹の解説を受け、国分は淋しげにこぼす。

「先生、じつを申せばまことに情けないはなし、二年前から卍抜けができぬようになりました」

右肩の関節を痛めたのが治らず、右腕が肩より上にあがらなくなり、素振りも左手一本でやっているのだという。

「寄る年波《としなみ》には勝てませぬ」

「そうであったか。ま、詮方《せんかた》あるまい。ところで、そちらはご息女か」

目を細める一徹に向かって、国分はかぶりを振った。

「いいえ、息子の嫁にございます」

ようやく名乗る機会を得て、嫁は畳に両手をつく。

「国分翔馬《しょうま》が妻、智里と申します」

色は浅黒いものの、黒目がちの美しいおなごだ。

少女の面影を残しているので、齢《よわい》は二十歳に満たぬかもしれぬ。

一徹は、ぱしっと膝を打った。

「さよう、翔馬じゃ。ふむ、おもいだしたぞ。あのときはまだ五つか六つであったが、性根の据わった小童《こわっぱ》じゃった」

「筋がよいと、先生に褒《ほ》めていただきました」

「おぼえておるとも。先々は殿さまの馬廻《うままわ》り衆に抜擢《ばってき》されるであろうと言ったのも、昨日のことのようにおぼえておるぞ」

「先生が仰《おつしや》ったとおり、翔馬は馬廻り衆の端にくわえられました」

「まことか」

「はい。郷士の家から馬廻り衆になるなど夢のまた夢、国分家にとっても誉《ほま》れにござりました。されど、されど……」

国分は言いよどみ、突如、泣きくずれてしまった。

「ど、どうしたのじゃ」

一徹が驚いて問えば、翔馬は二年前に他界したという。

智里は十七で嫁入りし、まだ半年も経っていなかった。

一徹は黙りこみ、慎十郎と咲もことばを失う。

ふたりが江戸へ出てきたのは、もしかしたら、翔馬の死と関わりがあるのかもしれない。

だが、国分は一人息子の死について何も語らず、涙を拭《ぬぐ》って無理に笑顔をつくった。

「それがしも二年前、隠居いたしました。こたびは苦労を掛けた智里に江戸見物でもとおもい、一念発起して土佐から出てまいった次第で」

たった半年で夫に死なれた新妻ならば、実家に戻ってもよさそうなものだが、智里は何故《なぜ》か義父のもとにとどまった。国分は妻を十数年前に亡くしているので、息子の嫁とふたりだけで二年もひとつ屋根の下で暮らしていることになる。故郷ではあらぬ噂《うわさ》を立てられ、智里が肩身の狭いおもいをしているのではないかと察せられた。

もちろん、立ち入った事情を聞くわけにはいかず、本人たちも喋る気はなさそうだった。一徹も咲も気遣って、江戸見物ならば何処其処《どこそこ》がよいなどと、ことさら別の話題を持ちだそうとする。

夕餉《ゆうげ》の膳《ぜん》を囲む刻限になった。

「そろりと暇《いとま》いたします」

逗留先《とうりゅうさき》は馬喰町《ばくろちょう》の旅籠《はたご》らしいのだが、何処とは言わないので、余計な問いは口にしない。

慎十郎は遠慮するふたりを無理に引きとめ、囲炉裏《いろり》の切ってある部屋へ導いた。

すでに鍋《なべ》は自在鉤《じざいかぎ》に掛けられ、薪《たきぎ》の火は燃えている。

「今宵は軍鶏鍋《しゃもなべ》にござる。是非、ご賞味くだされ」

あらかじめ食材を仕入れ、出汁《だし》をつくっておいたのだ。

「水を張った鍋に昆布《こんぶ》を敷きましてな、軍鶏の頭や足、そしてがら、さらには葱《ねぎ》の青い部分と生姜《しょうが》などを刻んで入れまする。弱火で二刻（約四時間）ほど煮込み、途中で煎《い》った米なんぞを入れて臭みを抜いたあと、澄んだ出汁を布で漉《こ》し、醤油《しょうゆ》や酒、味醂《みりん》などで味を調えるのでござる」

前垂れを着けた慎十郎が、立て板に水のごとく説いてみせる。

咲が手にする笊《ざる》には大根や里芋や葱などの野菜、椎茸《しいたけ》などの茸《きのこ》が盛られ、別の笊には切れ目を入れた軍鶏の腿肉《ももにく》がどっさり盛られていた。

五人は湯気の立ちのぼる鍋を囲んだ。

慎十郎が客の椀《わん》を取り、煮込んだ軍鶏や野菜を入れてやる。

「かたじけのうござる」

国分は一徹に薦められて酒を呑み、顔をぽっと赤く染めた。

口をはふはふさせながら半月切りの大根を食べ、軍鶏肉も口に入れる。

「……う、美味《うも》うござります」

「まことに」

国分と智里は心の底から嬉《うれ》しそうに笑った。

一徹も満足げにうなずき、軍鶏肉を頬張《ほおば》る。

「おう、ほほ、なかなかのものじゃ」

酒を呑んでは思い出話に興じ、剣術談義に花を咲かせる。

仕上げは、鍋に残った出汁で卵粥《たまごがゆ》をつくって食べた。

「まこと、美味《おいしゅ》うござった。これほどありがたいことはござりませぬ」

国分と智里は頭をさげ、しきりに感謝のことばを繰りかえす。

「泊まっていけばよい」

一徹は本気で引きとめたが、ふたりは名残惜《なごりお》しそうに暇を告げた。

夜も更け、月明かりは心許ない。

慎十郎は提灯《ちょうちん》を持ち、馬喰町まで付きそってやった。

神田川に架かる和泉《いずみ》橋を渡り、松枝《まつえだ》町や佐久間《さくま》町を抜けてやってきたのは竜閑川の川端、この界隈《かいわい》に軒《のき》を並べているのは公事宿《くじやど》にほかならない。

「ここまで来れば、もう大丈夫でござります。今宵のご厚情は、生涯忘れませぬ。まことに、ありがとうございました」

ふたりは深々と頭をさげ、公事宿の一角に消えていく。

「妙だな」

慎十郎は首をかしげた。

公事宿は百姓たちが幕府へ国許《くにもと》の惨状を訴えるべく、逗留しながら訴状の作成を頼むところだ。郷士は半分は百姓だが、あくまでも藩に仕える侍である。元郷士の国分が藩に楯突《たてつ》くような訴えを起こすとはおもえなかった。

「ま、憶測しても詮無いはなしだ」

慎十郎は深く考えず、来た道を戻りはじめる。

竜閑川にも神田川にも、役目を終えた笹が流れていた。

あと五日もすれば草市が立ち、盂蘭盆会《うらぼんえ》がやってくる。

「夏も終わりか」

慎十郎はつぶやき、ほっと溜息《ためいき》を吐《つ》いた。

三

翌朝、何の気なしに冠木門《かぶきもん》の外へ出てみると、丹波道場の看板がふたつにへし折られていた。

「たいへんでござる」

大声で異変を告げると、一徹と咲が飛んできた。

「あっ、こんなものが」

咲が手にしたのは、一枚の紙切れだ。

看板の痕跡《こんせき》だけが残る門柱に、五寸釘で打ちつけられていた。

紙には謎掛《なぞか》けのつもりなのか、桃の絵が描かれている。

「もしや、桃井道場の桃でしょうか」

「なるほど、そうかもしれぬ」

咲の指摘に、慎十郎はうなずいた。

湯島天神で対峙《たいじ》した土佐の連中が脳裏に浮かぶ。

「あやつらめ」

「何故、かようなことを」

「連中は国分どのから路銀を奪う気でおった。邪魔にはいったわしらを恨んでやったことであろう」

「挑発じゃな」

一徹はぼそっと漏らし、看板を拾いあげた。

「困ったものよ。高名な書家であられる獏川《ばくせん》先生にお願いし、けっこうな謝礼を払って書いていただいたにのう」

咲が尋ねる。

「お祖父《じい》さま、それは何年前のおはなしですか」

「おぬしが生まれるまえじゃ。もはや、獏川先生は鬼籍に入られた」

看板を書きなおしてもらうこともできぬと、一徹は嘆く。

「口惜《くちお》しゅうござりますね」

「看板を薪《まき》にするときは、道場をたたむときと決めておった。心ない者たちのせいで、それも果たせぬ。幼稚な悪戯とは申せ、老いた身にはこたえるわい」

「灸《きゅう》を据《す》えねばなりますまい」

慎十郎が応じたそばから、一徹はさっさと歩きはじめる。

「お祖父さま、どちらへ」

咲の問いかけに振りむきもせず、一徹は背中でこたえた。

「決まっておろう。京橋の蜊河岸じゃ」

「桃井道場ですね。わたくしもお供いたします」

「それがしも」

咲と慎十郎は口を揃《そろ》え、早足で進む老人を追った。

「勝手にせい」

一徹は吐きすて、ひとりでどんどんさきへ進んでいく。

涼風が吹きぬけるなか、神田川を越え、東海道の大路を日本橋から京橋へ向かう。

蜊河岸へたどりつくころには、日差しもかなり強くなってきた。

鏡心明智流を標榜《ひょうぼう》する士学館こと桃井道場からは、門弟たちの勇ましい掛け声が響いてくる。

「ありゃ、たっ」

いつもなら心躍る声も、今日だけは苦々しいものに感じられた。

一徹は冠木門を潜《くぐ》り、道場の敷居を易々《やすやす》と踏みこえる。

「たのもう」

掠《かす》れた声はしかし、門弟たちの掛け声に掻《か》き消された。

「拙者《せっしゃ》にお任せあれ」

慎十郎はずいと踏みだし、息を大きく吸いこんだ。

「毬谷慎十郎、推参なり」

天井を揺らすほどの大声に、門弟たちは腰を抜かしかける。

水を打ったような静寂ののち、門弟たちがどやどや押しよせてきた。

「すわっ、道場荒らしか」

一年前のことをおぼえている者もおり、土間に聳《そび》えた巨木のごとき慎十郎に刃向かってこようとする。

「まあまあ、落ちつけ。そうやって、いきりたつでない」

一徹が割ってはいり、門弟たちに語りかけた。

「わしらは道場荒らしにまいったわけではない。桃井館長はおられぬか」

門弟のひとりが奥へ引っこみ、三代目館長の桃井春蔵直雄を連れてきた。

ほっそりした初老の人物だ。うらなり顔に人の良さそうな笑みを浮かべ、気軽な調子で声を掛けてくる。

「これはこれは、丹波先生ではござりませぬか」

「よう、久しぶり。あいかわらず、顔の色つやだけはよさそうじゃな」

「またまた、のっけから皮肉でござるか」

「後継者になりそうな者はみつけたか」

この問いにだけは身を乗りだし、桃井は声をひそめた。

「娘婿《むすめむこ》の伝手《つて》で、沼津《ぬまづ》からひとりまいります。何でも、駿河《するが》一の遣い手だとか」

「ほう、それは楽しみじゃな。筋がよければ、一手指南いたそう」

「お願いいたしまする」

桃井は丁寧にお辞儀してみせ、くいっと顎を突きだす。

「で、本日はまた何故、わが道場へ」

「じつは、門柱に掲げておった獏川先生の看板をまっぷたつにした連中がおってな。こんなものを残していったのじゃ」

咲が桃の描かれた紙をみせると、桃井の顔から笑みが消えた。

一徹は身を乗りだし、相手の顔を覗《のぞ》きこむように質《ただ》す。

「もしや、おぬしの門人に不届き者がおるやもしれぬとおもうてな」

「妙な言いがかりですな。桃の絵だけで判断なさるのは早計にござろう。士学館には他の道場の看板を折るような不届き者はおりませぬ」

「そう断言できるのか。ふふ、あいかわらず、杓子定規《しやくしじようぎ》な男よのう」

一徹は桃井がまだ若いころ、何度か稽古をつけてやった剣の師でもある。

桃井は教え上手との評判を得ているものの、剣の力量は今ひとつだった。

すぐそばで対面しても、千葉周作や斎藤弥九郎のごとき迫力は感じない。

「無礼な。お帰りいただこう」

桃井がきっぱり言いはなつと、一徹は粘らずに背を向けた。

そこへ、門弟たちのなかから声があがる。

「お待ちを」

声の主は、最後列に超然と佇《たたず》んでいた。

癇《かん》の強そうな青白い顔、菊間恭四郎である。

看板を折った張本人と目される男にほかならない。

「桃井先生、不届き者呼ばわりされて、このまま黙っているわけにはまいりませぬ。

それがしが丹波どのと立ちあい、疑いをきれいに晴らして進ぜましょう」

「やめておけ。なるほど、おぬしの力量は士学館でも一、二を争うほどではあるが、
相手が悪すぎる」

「何を仰《おつしや》います。一見したところ、ただの老い耄《お》《ぼ》れではありませぬか」

恭四郎は師の助言などに聞く耳を持たず、手下どもに命じて竹刀を持ってこさせる。

桃井は「やれやれ」とつぶやき、一徹のほうに顔を向けた。

「ああ言うておりますが、どうなされる」

「お受けいたそう」

一徹は素っ気なく漏らし、草履《ぞうり》を脱いで土間にきちんと揃え、裸足《はだし》で道場のまんなかへすたすた進んでいった。

咲と慎十郎が黙ってつづき、門弟たちは道場の端に並んで正座する。

一徹と恭四郎が対峙すると、咲と慎十郎の陣取ったところへ桃井もやってきた。

「されば、それがしが行司役を承《うけたまわ》る。竹刀による一本勝負でよろしいか」

「異議なし」

恭四郎は返答したが、一徹は何をおもったか、受けとった竹刀を提《さ》げて桃井のそばへ近づいてくる。

「ちと重いゆえ、わしは素手でよろしいか」

微笑《ほほえ》みながら言い、竹刀を桃井に手渡す。

後ろの恭四郎が、ぎりっと奥歯を嚙んだ。

「素手であろうと容赦はせぬぞ。寸止めはせぬゆえ、覚悟せよ」

「よかろう。その減らず口、今すぐ叩《たた》けぬようにしてやるわい」

「ほざけ。ぬえいっ」

恭四郎は大上段に構え、尖《とが》った肘《ひじ》を突きだした。

一徹は両手をだらりと下げ、からだを斜めに向ける。

眠ったような半眼で相手を見据え、彫像のごとく動かない。

「こやつめ」

恭四郎は床を蹴《け》った。

大上段から振りおろすとみせかけ、まっすぐに突きこんでくる。

竹刀の先端がぐんと伸び、一徹の顔面をとらえたかにみえた。

躊躇《ちゅうちょ》の欠片《かけら》もない一撃である。

「危ない」

おもわず、慎十郎は叫んだ。

咲も片膝を立て、身を乗りだす。

だが、つぎの瞬間、恭四郎のほうが白目を剝《む》いた。

一徹は一寸の見切りで躱《かわ》し、首筋の急所に手刀をきめたのだ。

恭四郎は膝を屈し、額を床に叩きつける。

よくみれば、口から泡まで吹いていた。

「世話が焼けるのう」

一徹は素早く身を寄せ、正拳突《せいけんづ》きでどんと胸を突く。

「うっ」

恭四郎は覚醒《かくせい》し、激しく咳きこんだ。

咳《せき》が治まっても何が起こったのか理解できず、きょとんとしている。

「それまで」

桃井の声が、凛然《りんぜん》と道場に響いた。

一徹の動きは、慎十郎でさえもしかとはとらえきれなかった。

「さすがお祖父さま、感服いたしました」

咲も興奮がさめやらぬ様子だ。

「おもいがけず、よいものをみせてもらった」

桃井も笑みを取りもどし、度量の深さをみせる。

これが新たな火種にならねばよいがなと、慎十郎は胸の裡《うち》で囁《ささや》いた。

四

菊間恭四郎は門弟たちのあいだで、秘《ひそ》かに「土佐の狂犬」と呼ばれているらしい。

一徹が「狂犬」の牙《きば》を折ってくれたので、少しは溜飲《りゅういん》も下がった。

それから数日は何もなく過ぎ、菊間たちのことなど忘れてしまった。

夕刻、千葉周作に一手指南でも頼もうとお玉《たま》ヶ池《いけ》まで足を運んだものの、千葉は留《る》守《す》のようだったので、仕方なく稲荷社《いなりしゃ》へ詣でた。

すると、参道のさきに、智里らしき後ろ姿を見掛けた。

なるほど、旅籠のある馬喰町はさほど遠くもない。

稲荷社へ願掛けでもしにきたのだろう。

気軽に声を掛けようと、大股で近づいた。

「もし」

慎十郎よりもさきに、不審な連中が身を寄せていく。

「土佐のやつらだ」

四人いる。

まちがいあるまい。恭四郎の手下どもだ。

縦も横も大きい巨漢がひとりおり、嫌がる智里の腕を取って拝殿の脇《わき》から裏手へ連れていく。

「くそっ」

慎十郎は急いで追いかけた。

手下どもは智里を松の木の根元へ追いこみ、声を張りあげる。

「翔馬と同じ目にあわせてくれよう。ただし、その身をしゃぶってからじゃ」

巨漢が、はっきりとそう言った。

別のひとりに胸を蹴《け》られ、智里は根元に転ぶ。

慎十郎は、ようやく追いついた。

「やめぬか、何をしておる」

四人は振りむき、さっと身構える。

「また、おぬしか」

巨漢が刀を抜き、真正面から斬りつけてきた。

これを易々と躱し、顔面に拳《こぶし》を叩きつけてやる。

「ぬぐっ」

鼻血が飛んだ。

巨漢は昏倒《こんとう》し、ほかの三人は刀を抜きかけたものの、慎十郎が前歯を剝いて威嚇《いかく》するや、仲間を引きずって逃げていった。

「ふん、屑《くず》どもめ」

智里のからだを抱きおこし、介抱してやる。

「大丈夫か」

「はい。危ういところをお救いいただき、かたじけのうござります」

「ひとりで出歩いてはならぬぞ」

「はい。義父にも厳しく言いつけられておりましたが」

居てても立ってもいられなくなり、願掛けをしにきたのだという。

「いったい、何の願掛けでござろうか。差しつかえなくば、お教え願えぬか」

真剣な顔を向けると、智里は戸惑ってみせる。

「みなさまにご心配を掛けることになるので、義父に口外するなと言われております」

「そう言われたら、なおさら聞きたくなる。さあ、申されよ」

智里は慎十郎の粘りに負け、頑《かたく》なに閉じていた口を開いた。

「わたしは、土佐の安芸郡《あき》にある安芸村という村を束《たば》ねる庄屋の娘にございます。村は今、長引く飢饉《ききん》のせいで逃散《ちようさん》寸前まで追いつめられております。藩のお役人には年貢を軽くしてもらえるよう何度となくお願いしました」

にもかかわらず、役人たちは聞く耳を持たず、重い年貢を減らしてもらえる目途《めど》は立たない。追いつめられた村では、庄屋が旗振り役となって秘かに有志を募り、直々に公儀へ訴えでることになった。

実父の庄屋は直前で病に倒れてしまったので、名代として兄の儀助《ぎすけ》が立ち、村の若者で籤《くじ》に外れた者ふたりを連れて江戸へ出てきた。国分は三人に助っ人をする条件で村人から集めた路銀の一部を分けてもらい、智里をともなって遠路遥々《えんろはるばる》随行《ずいこう》してきたのだという。

「江戸へ来て今日で五日目、義父や兄たちは毎日朝夕に外桜田《そとさくらだ》御門と和田倉御門へ向かい、ご老中の駆け駕籠《かご》を追いかけております」

「駕籠訴《かごそ》か」

全国津々浦々から集まった百姓たちが門前に屯《たむろ》し、老中の駕籠が登城してくるとみるや、目の色を変えて駆けよせる。運良く仲間を出しぬいて、猛然と駆けぬける駕籠に近づくことができたとしても、駕籠の主《あるじ》に取りあってもらえるかどうかはわからない。

百回に一回、成功すればよいほうであろう。

老中がよほど機嫌のよいときか、百姓たちの評判を気にしているとき、止まった駕籠の内から手が差しだされ、百姓の訴状を受けとる。誰もがそうした奇蹟《きせき》のような光景を願いつつ、一日じゅう御門前に張りついているのである。

「国分どのも通っておられるのか」

「はい。兄らとともに駆けておられます。わたしには祈ることしかできませぬ」

「されど、願掛けをしているところへ、藩のやつらがやってきた。おそらく、偶然ではあるまい」

公事宿を見張られていた公算は大きい。

駕籠訴をやる際、百姓たちは「何処其処の誰々」と大声で名乗りをあげる。

もしかしたら、登城する土佐藩の供人たちに気づかれたのかもしれなかった。

あるいは、噂が広まったのか。いずれにしろ、藩にしてみれば、領内から駕籠訴を出したとあっては恥辱《ちじょく》以外のなにものでもない。藩の面目にも関わってくるので、どのような手を使ってでも駕籠訴を止めさせようとするはずだ。

百姓たちが命を狙《ねら》われても不思議ではない。

ただし、命懸けで駕籠訴をやった百姓は打ち首になることもあるため、故郷の村では生き神も同然に祀られる。暗殺したことがおおやけになれば、一揆《いっき》や逃散を誘発しかねない。また、公儀に容認された公事宿を襲うことは許されていないため、藩としては隠密裡《おんみつり》に事をすすめねばならぬ。

刺客を差しむけるとすれば、菊間恭四郎の手下どものような間抜けではなかろう。

「あの連中は、功を焦ったのだとおもいます」

菊間恭四郎の父である将監《しようげん》は、土佐藩の藩財政を牛耳《ぎゆうじ》る宿老のひとりらしかった。

恭四郎の手下どもは何処からか百姓たちのことを聞きつけ、智里を拐《かどわ》かそうとしたのかもしれない。智里の身柄と交換に駕籠訴を断念させ、恭四郎の父から褒めてもらおうとでもしたのだろうか。

ともあれ、藩のほうで近いうちに別の手を打ってくる公算は大きかった。

慎十郎は重い溜息を吐く。

「そちらの事情はわかった。智里どのに、もうひとつお聞きしたい。さきほど、屑どものひとりが言った台詞《せりふ》だ。『翔馬と同じ目にあわせてくれよう』と聞こえたが、あれはどういうことであろうか」

「あの者たちが、夫を殺《あや》めたのでござります」

確たる証拠はないが、それ以外には考えられなかった。

義父の国分と江戸へ出てきたのも、苦しみぬいたすえの決断であったという。

「翔馬どのの仇討《あだう》ちをなさる気か」

二年前のことゆえ、藩は正式な仇討ちとは認めまい。

真実が藪《やぶ》のなかにあるとしても、本懐を遂げたいと、智里は涙ぐむ。

「そのために義父から指南していただき、剣術の修練を積んでまいりました」

「何と」

江戸へ出てきた一日目に、ふたりは湯島天神で仇に出会っていた。

「あれは偶然か」

「いいえ。義父とともに藩邸を張りこみ、菊間恭四郎をみつけ、討ちかかる機を窺《うかが》っておりました」

「そうであったのか」

「はい」

ところが、先方に動きを悟られてしまい、逆しまにつけ狙われ、さきほどのような危うい目に遭《あ》ってしまったという。

もはや、自分ひとりでは手に負えない。

一徹や咲も呼びよせ、国分もまじえて策を練らねばなるまいと、慎十郎はおもった。

五

智里たちの逗留する公事宿は『三笠屋《みかさや》』といい、主人は庄八《しょうはち》という生真面目《きまじめ》そうな四十男だった。

慎十郎は宿にあがりこみ、主人に頼んで丹波道場へ使いを走らせた。

すでに、外は暗い。

ほどなくして、国分たちが駕籠訴から戻ってきたころに、ちょうど、一徹と咲もすがたをみせた。

智里が稲荷社で襲われた経緯《いきさつ》を伝えると、国分は仰天して床に両手をつく。

「危ういところを二度までもお助けいただき、お礼のしようもございませぬ」

これを一徹が遮った。

「水臭いことを申すな。それにしても、何故、だいじなことを黙っておったのだ」

「面目次第もございませぬ」

「まあよい。そちらの方々を紹介してくれ」

一徹が顎をしゃくったさきに、土臭い連中がかしこまっている。

肩幅の広いがっちりした男が智里の兄、儀助であった。後ろに控えるのは為次郎《ためじろう》と権六《ごんろく》、いずれも貧しい百姓の倅《せがれ》で、為次郎のほうは村一番の韋駄天《いだてん》らしい。

「このふたり、外れ籤を引いて仕方なくやってまいりました」

老中への駕籠訴は成功しても罰せられるのが定め、命懸けの役目だけに若い者はやりたがらないと、国分は嘆いた。

「かといって、それがしのごとき老い耄れは走ることもままなりませぬ。駕籠訴は走ることができねば、何の役にも立ちませせぬゆえ」

「それはそうじゃ。外れ籤を引いたのが、韋駄天でよかったのう」

一徹の冗談は通じない。為次郎も権六もいまだ死ぬ覚悟ができておらず、駕籠訴にも気持ちがはいっていないようだった。

「ふたりは、まだ二十歳《はたち》に届いたばかり。無理もないと言えば、それまでにござりまするが、村人の期待にこたえるためには気張ってもらわねばなりませぬ」

「そうよな。何も、首を刎《は》ねられると決まったわけではないのだ。駕籠訴をやって生きて故郷へ戻った例はいくらでもある。何もやらずにすごすご戻ることほど、惨《みじ》めなものはないぞ」

一徹がいくら諭《さと》そうとしても、若いふたりの百姓は口をへの字に曲げたままだ。

「駕籠訴が嫌なら、公事宿の手続きをのんびり待つ手もあるぞ」

「無論、公事宿のご主人には訴状をしたためていただき、すでに公儀へお届けいただきました。されど、何時《いつ》になったら受理されるかわかりませぬ。何せ、同じような訴えは全国津々浦々からもたらされますからな、正直、路銀がどこまで持ちこたえられるか心配でたまらぬのでござります」

路銀が尽きれば江戸を発《た》たねばならぬので、それまでに何とかしなければならない。そこで、多くの百姓たちは駕籠訴という強硬《きょうこう》手段に打ってでる。和田倉御門や外桜田御門の外には、連日、大勢の百姓たちが集まっていた。

老中駕籠をみつけるや、一斉に駆けだすのである。

ただし、老中駕籠のほうも訴えを避けるべく、屈強な陸尺《ろくしゃく》たちに命じて必死に駆けさせる。

「正直、あれほど老中駕籠が速いものだとは想像もできませなんだ」

一徹はふと、慎十郎のほうに顔を向けた。

「おぬし、脇坂さまに気に入られておったであろう。ひとつ、口をきいてやったらどうだ」

「無理を仰いますな」

助けたいのは山々だが、気軽に頼めるような身分ではなかった。たとい、目見得《めみえ》する機会に恵まれたとしても、特定の一村だけ救ってほしいという願いは取りあげてもらえまい。さすがに、そこまで慎十郎に甘くはなかろう。

「ふん、頼りにならぬやつめ」

一徹が吐きすてると、国分は顔をしかめた。

「そう仰らずに。毬谷さまのおかげで、智里は助かったのでござります」

「土佐の連中が智里どのを襲ったのは、いったい何のためか。おぬしらに訴えを止めさせるためであったのかのう」

「仰るとおり、脅しにござりましょう」

国分の意見に、慎十郎は異を唱えた。

「連中のひとりが『翔馬と同じ目にあわせてくれよう』と申しました。あれは脅しではござらぬ。本気で智里どのを亡き者にする腹であったやにおもわれます」

「なるほど、連中はさようなことを申しましたか」

国分は痛ましげに語りだす。

「菊間恭四郎とその手下どもは、二年前まで国許におりました。翔馬が馬廻り役になったとき、恭四郎は同役の組頭をつとめておったのでござります」

翔馬は剣術に優れ、御前試合で勝ちぬいて頂点に立ち、褒美《ほうび》として馬廻り役に抜擢された。そのとき、最後に打ち負かした相手こそ、恭四郎にほかならなかった。

「ふうん、それで恨みを募《つの》らせたか」

「おそらくは」

翔馬は役に就いた初日から、壮絶《そうぜつ》ないじめを受けた。

国分は悔し涙を浮かべてみせる。

「あとで調べてわかったことにござります。馬糞《ばふん》入りの弁当を食わされたり、袋叩きにあわされたりしていたとか。それでも、翔馬は何ひとつ不満を告げず、それがしのまえでは笑っておりました。お役目に誇りを持っている。殿さまのためなら、命をも投げだす覚悟だと、あやつは……あ、あやつめは、殊勝なことを言いおって」

ところがある日、大量に酒を呑まされたあげく、酩酊《めいてい》して抗《あらが》うこともできずにいるところを襲われ、膾《なます》に斬り刻まれた。

国分は恭四郎たちの仕業であろうと見当をつけ、藩の目付に詳細に調べてほしいと懇願した。それと同時に、みずからも足を使って調べ、殺しを目にした者から恭四郎たちの仕業であるという証言を得た。

ところが、藩の調べは中途で打ちきられ、恭四郎はじめ関わったとおぼしき者たちはすべて江戸勤番となった。

国分翔馬の死因は、辻強盗《つじごうとう》によるものと決めつけられたのである。

宿老である父親の意向がはたらいたことは想像に難くない。

「口惜しゅうございました」

国分は耐えるしかなかった。

殺しを目にした者たちに頼んでも、白洲《しらす》で証言してくれそうな者はいなかった。

二年経った今となっては、証拠を探すこともかなわぬ。

それでも、あきらめる気は毛頭なかった。

かくなるうえは、本人たちに証言させるしかない。

「それで、江戸へ」

「さようにござる」

国分には、江戸へ出てくるだけの蓄えがなかった。そのため、土佐から江戸へ向かう機会を窺っていたのだという。

やがて、安芸村の惨状を公儀に訴えるというはなしが耳に飛びこんできた。

はなしを持ちこんだのは、誰あろう、智里である。

訴えに助力する条件で、江戸行きに随行させてもらうことになったのだ。

「智里には、実家へ戻るように申しつけました。まだ若いので、後妻の口はいくらでもあろうかと。されど、智里は首を縦に振りませなんだ。翔馬の恨みを晴らすまでは梃子《てこ》でも動かぬと、健気《けなげ》にも意地を張ってみせたのでござります」

国分は根負けし、智里に剣術を教えるとともに、いっしょに江戸へ連れていくことにした。

「事情は、ようわかった」

一徹は腕組みし、押し黙ってしまう。

もちろん、同情は禁じ得ぬものの、駕籠訴も仇討ちもどちらも成し遂げるのは難しかろう。

慎十郎にもわかっている。

重苦しい沈黙とともに、公事宿の周囲には深い闇《やみ》が訪れた。

六

文月十二日には寺社の境内に草市が立ち、盂蘭盆会に使う品々や盆花などを買いもとめる人々で埋めつくされた。十三日の夕からは武家や商家の門前に祖霊を迎える迎え火が焚《た》かれ、檀那寺《だんなでら》へ向かう提灯の列が途切れずにつづく光景なども見受けられた。寺からは読経《どきよう》の声が響きわたり、町中でも布施僧たちが鉦《かね》や木魚《もくぎよ》を鳴らしながら念仏を唱えている。そうかとおもえば、軒にぶらさがる切子灯籠《きりこどうろう》のもと、揃いの着物を纏《まと》った町娘たちが輪になって踊る光景も楽しむことができた。

涼風の吹きぬける夕暮れに耳を澄ませば、何処からか童女《めわらべ》たちの歌が聞こえてくる。

「ぼんぼんぼんの十六日にお閻魔《えんま》さまへ詣ろとしたら、数珠《じゆず》の緒が切れ鼻緒が切れて、なむしゃか如来《によらい》手で拝む……」

苧殻《おがら》とともに送り火を焚く十六日は藪入り、奉公人は一日だけ休みを貰《もら》えるので、町中が人で溢《あふ》れたように感じられた。この日は閻魔《えんま》の斎日《さいにち》でもあり、江戸三大閻魔のひとつ、蔵前天王町《くらまえてんのう》の華徳院《けとくいん》にある大きな閻魔像を眺めようと、大勢の人が殺到する。参詣人のなかには、慎十郎のすがたもあった。

通常は開帳されぬ閻魔像だけは、どうしても拝んでおきたかったからだ。

祖霊を弔う盂蘭盆会のあいだも、士学館の門弟たちに関する悪評はいたるところから聞こえてきた。

たとえば、青山百人町《あおやまひやくにん》の名物でもある星灯籠を酔いにまかせて刀で断ったり、水茶屋の娘に難癖をつけて乱暴をはたらいたり、信じがたい噂はいくつもあったが、そうした行為はすべて隠蔽《いんぺい》され、表沙汰《おもてざた》にはなっていない。

土佐藩はもちろん、士学館のほうでもいっさい関知せず、悪党どもはまさに野放しの状態と言ってもよかった。

質《たち》の悪い連中を率いるのは、菊間恭四郎にほかならない。

いつ仕掛けてくるかもわからぬので、慎十郎は一徹に命じられ、公事宿に寝泊まりするようになった。

いわば、用心棒である。

国分に随行し、和田倉御門へも足を向けた。

老中駕籠に遭遇する機会は日に二度、朝四つ（午前十持頃）の登城刻と昼八つ（午後二時頃）の下城刻だ。

駆け駕籠と見定めるやいなや、何十人もの百姓たちが一斉に走りだす。

最初は遠慮している者たちも、横に並ぶ者に肘打ちをくれ、前を走る者の髷《まげ》を摑んで転ばした。転んだ者を踏みこえ、死ぬ気で駕籠尻《じり》に追いすがるのだ。壮絶な駆け競《くら》べを目にしていると、地獄絵のなかで亡者たちが蠢《うごめ》く様子とかさなった。

智里の兄の儀助やふたりの若い百姓も駆けた。為次郎は韋駄天の異名をとるだけあって、いつも前方の一団に混じり、ともすれば一団の先頭に立つこともあった。だが、老中駕籠は一度たりとも止まらず、門へ吸いこまれていった。

期待と落胆が交互に訪れ、みているだけでも疲労困憊《こんぱい》になった。

それでも、国分は御門に通って百姓たちを鼓舞《こぶ》し、百姓たちは汗みずくになって駆けつづけた。

「是が非でも、御老中たちに百姓の惨状をお伝えしたいのだ」

国分の痛切な訴えは、慎十郎の胸を打った。

できれば、自分が身代わりになって走りたいとすらおもったが、肝心の老中駕籠が止まったことは一度もなかった。

虚しい駕籠訴を、このまま永遠に繰りかえすわけにもいかない。

御門に集まる百姓の顔ぶれも、日ごとに代わっていった。

「路銀が尽きる日も近づいてまいりました。あと五日やってみて叶《かな》わなかったら、あきらめるしかありませぬ」

国分縫之助は、淋しげに頭《こうべ》を垂れた。

公事宿を通して提出した訴状も、逗留中に受理されそうにない。

一方、息子翔馬の仇討ちについては、あきらめきれないようだった。

「智里は一矢だけでも報いたいと申しております」

国分は本懐を遂げられたら命もいらないと言いきったが、藩に申しでて正式に仇討ちをみとめさせることはできない。

残された手段は暗殺か、果たし状をしたためるしかなかった。

ただ、暗殺については、国分が卑怯《ひきょう》なまねはしたくないと拒んだ。

果たし状のほうも、相手が受けるかどうかの保証はない。

慎十郎としても、方策を考えあぐねていた。

そこへ、先方が仕掛けてきた。

狙われたのは国分でも智里でもなく、一徹である。

十六日の夕刻、一徹はひとりで無縁坂上の麟祥院《りんしょういん》へ、亡くなった息子夫婦の霊を慰めに向かった。

静けさのなかに佇む麟祥院は、春日局《かすがのつぼね》の菩提《ぼだい》を祀っている寺だ。

枳殻寺《からたちでら》とも呼ばれ、敷地は枳殻の垣根にぐるりと囲まれていた。

弥生《やよい》のなかばを過ぎると、枳殻は純白の大きな花を一斉に咲かせる。

枝は鋭い棘《とげ》を持つが、晩秋には丸い実を結んだ。

春には白い花を愛《め》で、秋には芳《かぐわ》しい香りを楽しむことができる。

季節の移ろいを肌で感じながら、一徹は墓所をゆっくり巡りあるいた。

もちろん、盂蘭盆会の初日は咲と訪れ、例年どおり、息子夫婦の面影を偲《しの》んだ。

咲が七つの帯解を祝った年の冬、一徹の道場を継いでいた咲の父は何者かに斬殺《ざんさつ》された。じつは公儀の隠密御用に就いており、探索中の相手に気づかれて刺客を差しむけられたのだ。咲の母は夫の死を嘆き、食事もろくにのどを通らずに衰弱《すいじゃく》したあげく、流行病《はやりやまい》に罹《かか》って逝った。

咲は両親の死から逃れたい一心で、剣術修行に明けくれた。周囲の者に男勝りと揶《や》揄《ゆ》され、忌避《きひ》されても、けっして悲しい顔をみせたことはなかった。

「強い子じゃ」

気丈さを保つことで、どうにか生きてきたのである。おそらく、本能でわかっていたのだろう。無心に木刀を振れば、悲しみを忘れることができると。それゆえ、雪の降る極寒でも、茹《う》だるような酷暑でも、長さ六尺の重い木刀を振りこんだ。何百回、何千回と疲れきって気を失うまで、木刀を振りつづけてきたのだ。

一徹は咲を憐《あわれ》み、手塩に掛けて育てあげた。

だが、自分にできるのは剣術を教えることだけだ。

この子が男であればよかったのにと、何度おもったことかしれない。

本人も花色模様の着物を仕立ててもらい、琴《こと》や茶を習いたかったにちがいない。
「おなごらしいことは、何ひとつしてあげられなんだ」
墓参りに来ると、いつもそのことを息子夫婦に謝罪する。
今日も墓石に語りかけ、愛娘を幸福に導いてほしいと願った。
気づいてみれば住職があらわれ、短い経をあげてくれた。
満足して寺をあとにし、無縁坂を下りていく。
咲は練兵館へ出稽古にいったので、まだ帰ってきておるまい。
慎十郎はおおかた、馬喰町の公事宿へ戻ったころだろう。
誰もいないはずなのに、人の気配を察した。
道場の門前に、若侍たちが屯している。
練兵館に通う土佐藩の連中だった。
菊間恭四郎もいる。
「困ったやつらだ」
遺恨を晴らしにきたのだろう。
数は十人を越え、いずれも白鉢巻きを締め、木刀を握っている。
突如、ひとりが朗々と歌いだした。

「問う文と武は昼励み、夜は衆道《しゅどう》で血気をば……」

衆道の盛んな土佐藩に伝わる盛節《さかりぶし》であろうか。

さらに、白鉢巻きの連中が二手に分かれて向かいあい、木刀をかんかん激しく打ちあいつつ、背中を合わせたり、体を入れかえたりしながら踊りだす。

花鳥踊《はなとりおどり》であろうか。

真剣で打ちあう踊りならば、一度みたことがある。

刀の柄に紙でこしらえた花をつけ、向きあった相手が真剣の切っ先で花を切り散らすのだ。

起源は怨霊《おんりよう》退散のお呪《まじな》いらしく、城主の先勝祝いなどでも披露されるという。

しかし、踊り手によっては勇壮な踊りも台無しになる。

一徹は無腰で平然と身構え、暴漢どもを睨みつけた。

「行儀よくするなら、一手指南してやってもよいぞ」

踊りがぴたりと止み、若侍たちは一徹を半円に囲む。

「ふん、指南など望んでおらぬわ」

恭四郎が叫んだ。

「わしらの望みは、おぬしの足腰が立たぬようにすることさ」

上背のあるふたりが歩みより、ほぼ同時に襲ってくる。

「ぬりゃ……っ」

「ほい」

一徹は易々と避《よ》け、ひとりは正拳で顔面を砕き、もうひとりは首筋に手刀を入れた。

途端に、ふらりとする。

墓参りにかこつけて酒を嗜《たしな》んでいたせいか、いつもと様子がちがった。

「どうした、足許がふらついておるぞ」

今度は三人が同時に、前後から打ちかかってきた。

正面のふたりは倒したが、後ろのひとりに背中を打たれる。

「ぬうっ」

一徹は振りむきざま、相手に頭突きを食わせた。

明確におぼえていたのは、そこまでだ。

「ぬおっ」

恭四郎に打ちこまれた。

――びしっ。

袈裟懸けの一撃を食らい、肩や胸に痛みをおぼえる。

たまらず、膝を屈した。

あとは抗う力もなく、大勢から撲《なぐ》る蹴るの暴行を受けつづけた。

それでも死なずに済んだのは、偶《たま》さか訪ねてきた千葉周作に助けられたからだ。

急報を受けて慎十郎と咲が駆け戻ったとき、一徹は褥《しとね》に寝かされていた。

肋骨《ろっこつ》を何本か折られており、身動きひとつできなくなっている。

慎十郎は拳を床に叩きつけ、道場を空けたことを口惜しがった。

だが、誰よりも口惜しがったのは、こちらも報せを聞いて駆けつけた国分である。

「それがしと関わったばっかりに、先生がこのような目に」

怒りに満ちた顔は、文字どおり、鬼面と化していた。

七

国分縫之助が公事宿に戻るころには、真夜中になっていた。

十六夜《いざよい》の月は朧月《おぼろづき》となり、足許を心許なく照らしている。

一徹は褥《しとね》のうえで薄目を開け、力なく微笑みかけてきた。

「縫之助、悲しい顔をするな。痛みを分かちあってこその友ではないか」

そのことばを噛みしめるたびに、涙が溢れてくる。

どれだけ遠く離れていても、どれだけ長い年月が経っていても、心の通じあう相手はいる。そのことに感謝した。

涙を拭いて竜閑川の川端を歩き、逗留する『三笠屋』を探した。

何やら様子がおかしい。軒を並べる公事宿の周囲はひっそり閑と静まりかえっているのに、どことなく空気が張りつめている。

「これは、殺気か」

つぶやいたそばから、人の気配が蠢いた。

露地の隙間から、捕り方装束の連中が飛びだしてくる。

「あっ」

指揮を執る者の顔に、みおぼえがあった。

「……き、菊間将監」

恭四郎の父親だ。藩政を司る宿老でもあり、背後にしたがえているのは土佐藩の藩士たちにほかならない。

「元郷士、国分縫之助か」

将監が吠えた。

恭四郎の訴えで事が露見し、わざわざ父親が出張ってきたのだ。

すでに、儀助たちは捕縛されたにちがいない。

智里は逃げおおせてくれたのかどうか、それだけが案じられた。

「仲間の百姓たちは捕縛した。無論、罪状はわかっておろうな。藩の許しも得ずに直訴を企てるとは不届き千万、万死に値する罪ぞ」

「承知してござります。されど、すべては藩政の過ちが招いたこと。百姓たちに罪はござらぬ」

「元郷士づれめ。おぬしが百姓どもを煽《あお》ったのであろう」

「そうお考えになってもかまいませぬ。ただし、物事の本質を見定めていただきとう存じます。百姓は藩の礎《いしずえ》、その百姓を飢えさせる藩政がよかろうはずはない。国許の百姓たちは年貢を減らしてほしいと、お役人に何度も訴えました。されど、御城の方々は誰ひとり聞く耳をお持ちにならぬ。江戸ではご重臣のお歴々《れきれき》が、幕府の役人接待に金を湯水と使っている。そんな噂もお聞きしております。浪費する無駄金がある なら、どうか百姓に少しでもおまわしいただきたい。かのような情況を憂えたがゆえ、それがしは残された命を直訴に賭《か》けようとおもったのでござる」

「ええい、黙れ。おぬしは謀反人《むほんにん》じゃ。縛につけ」

藩士たちが動いた。

国分は身構え、将監を睨みつける。

「縛につくわけにはまいらぬ」

「ならば、討ちはたすまでよ」

将監は口端を捻《ひね》りあげた。

国分は右手を刀の柄に添える。

「拙者を討つのは、容易ではござりませぬぞ」

「わかっておるわい。わしとて、国分縫之助の名は知っておる。されど、おぬしが殿の御前で居合技を披露したのは二十数年もむかしのはなし、今は卍抜けもできぬ身になったと聞いておるぞ。おぬしは過去の遺物じゃ。無残な死にざまを晒《さら》したくなければ、刀を捨てよ」

「そうはいかぬ。わしにはまだやり残したことがある」

「やり残したことだと」

片眉《かたまゆ》を吊《つ》りあげる将監に向かって、国分は言いはなった。

「教えてやろう。わが一子翔馬は二年前、おぬしの息子と手下どもに斬殺された。それを父であるおぬしが隠蔽したのだ。この恨みを晴らすまでは、死んでも死にきれぬ」

「ふん、たわけた世迷い事を抜かしおって。おぬしの息子は辻強盗に遭って死んだのじゃ。根も葉もない噂を信じ、恨みを募らせるとはな。憐れすぎて、笑ってしまうわ」

「翔馬が斬殺されたところを、何人もの者がみておった。ただし、誰ひとりとして証言できずにおる。白洲で証言しようとすれば、おのれに危害がおよぶからだ」

将監が手をあげて遮った。

「戯《ざ》れ言《ごと》はもうよい。みなの者、あやつを捕らえよ。抗うようなら、斬りすてるのだ」

「はっ」

藩士たちは刀を抜き、じりっと囲みを狭めてくる。

国分も抜刀し、腰をどっしり落とした。

将監が嘲笑《あざわら》う。

「ふふ、やはり、居合は使えぬか」

「問答無用」

「とあっ」

正面から、捕り方のひとりが斬りかかってきた。

「いやっ」

国分は素早く飛びこみ、胴を抜いてみせる。

相手は倒れたが、斬ってはいない。

寸前で峰《みね》に返し、急所を打ったのだ。

二番手も三番手も、同じように峰打ちで仕留めた。

しかし、そこからさきは、さすがに息が切れてくる。

「退《さ》がっておれ」

将監が前面へ繰りだしてきた。

刀を抜かず、五間（約九メートル）の間合いへ近づく。

「国分よ、わしの力量を知っておろう」

知っている。土佐居合の師範をつとめたほどの手練であった。

無論、卍抜けも使う。

御前試合で一度だけ対峙し、引き分けたことがあった。

「あのときは互角であった。されど、竹刀と竹刀では真の実力はわからぬ。こうして、おぬしに引導を渡すのも、何かの因縁であろう」

将監は隙のない仕種で、じりっと迫ってくる。

国分は左手に握った刀を、右手に持ちかえた。

捕り方どもは後退り、ふたりは真正面から向きあう。

国分は捕り方どもに聞こえぬよう、押し殺した声で質す。

「教えてほしい。翔馬を殺めたのは、恭四郎どのなのか」

将監は目顔でうなずいてみせた。

「おぬしは知らぬ。国分翔馬を斬らせたのは、このわしじゃ」

「えっ……な、何故に」

「あやつは目付の隠密じゃった。生意気にも、このわしを探っておったのさ」

藩の重臣が運上金絡みの悪事不正に関わっているのではないか。たしかに、そんな噂はあった。翔馬は親にも打ちあけられぬ密命を負い、将監の周辺を探っていたのだ。

そして勘づかれ、命を落とした。

「……し、知らなんだ」

あまりの衝撃に、身が震えてきた。

と同時に、名状し難い怒りが沸いてくる。

「おのれ、将監」

国分は唸り、自在に使えぬ右手を高々と持ちあげた。
――ぐきっ。
肩に激痛が走る。
かまわず、撃尺の間合いを踏みこえた。
「死ね」
大上段から、刀を猛然と振りおろす。
刹那《せつな》、鈍い光が目に飛びこんできた。
将監の胸元に、長さ三尺の刃が走る。
――ばさっ。
国分は逆袈裟に斬られた。
「ぬわああ」
おのれの断末魔が、耳に聞こえてくる。
それでも、仁王立ちしつづけた。
――ひゅん。
留めの水平斬りがくる。
腰骨を断たれ、がっくり膝をついた。

「……しょ、翔馬」

最後に浮かんだ息子の顔は、幼いころの笑った顔だ。

おぬしは、わしの宝であった。

今、まいるぞ。

ふいに、闇が訪れた。

八

公事宿の主人によるはからいで、国分縫之助の亡骸《なきがら》は丹波道場へ移された。

重傷を負った一徹はどうにか自力で歩けるようになっており、沈痛な面持ちで溜息を吐くや、変わり果てた友の頭や顔を撫でまわす。

「さぞや、口惜しかろうな。おぬしの無念は、きっと晴らしてくれようぞ」

土佐藩の連中は亡骸を置き去っていたが、公事宿の主人は物陰から一部始終を眺めていた。それゆえ、捕り方を率いていたのが「菊間将監」であったことも、一徹たちは知ることができた。

唯一の幸運は、智里が魔の手から逃げのびたことだ。

捕り方の連中も、公事宿の内までは踏みこめなかった。外で待ちぶせをはかり、駕籠訴から戻ってきた兄の儀助たちを捕縛したのである。智里は公事宿の内にいて、異変を知った。兄たちが捕縛されたのを伝えるべく、公事宿の裏手から秘かに逃れて丹波道場へ走った。入れちがいに戻ってきた国分が斬られた直後、智里は公事宿へ戻ったのである。

「よう逃げのびたな」

一徹が労《ねぎら》っても、智里はかぶりを振るだけだった。

「わたしだけが助かってしまいました」

「何を申すか。おぬしが助かったのは神仏のおぼしめし。義父のぶんもしっかり生きねばならぬぞ」

一徹に励まされ、智里は泣きくずれる。

そして、しばらく泣いたあと、気丈にも言ってのけた。

「夫の仇討ちをいたしとう存じます」

菊間恭四郎を討ち、義父の恨みを晴らしたい。そのために二年のあいだ鍛錬を積み、小太刀の技を磨いてきたという。

咲がためしに手合わせしてみると、なかなかの強者《つわもの》ぶりであった。

だが、慎十郎の目からみても、恭四郎にはとうていおよばない。

それでも、止めろとは言えなかった。

すでに、智里は死ぬ気でいる。血を吐くようなおもいが伝わったからだ。

国分の亡骸は、一徹の仕切りで荼毘《だび》に付されることとなった。

「このまま、放《ほう》ってはおけぬ」

慎十郎は、腹の底から怒りを感じていた。

咲は相手への怒りよりも、智里や一徹を慰めたい気持ちのほうが強いようだった。

慎十郎はひとり部屋に籠もり、菊間恭四郎に宛《あ》てて果たし状をしたためた。

「『勝手に走るな』と、お祖父さまが仰せです」

咲に咎《とが》められても、止めるつもりはない。

国分縫之助の仇、菊間将監は一徹が討てばよかろう。その機会は、かならず訪れる。

「わしは、国分どのが果たせなかった恨みを晴らしたいのだ」

「翔馬どのの仇討ちですね。ならば、わたくしも助っ人を」

「いかぬ」

「どうして」

「一徹先生のことが案じられる。咲どのがそばにおってくれれば安心だ」

智里だけを連れていくと、慎十郎は言った。

「わしは智里どのの仇討ちを助けるだけだ」

咲は渋りながらも、うなずくしかなかった。

心身ともに疲れきった一徹を、道場にひとり残していくわけにはいかない。

「場所は」

「采女ヶ原《うねめがはら》がよいかとおもう。士学館からも、土佐藩邸からも近いからな」

日付は明晩、刻限は四つ半（午後十一時頃）、町がひっそり寝静まったころだ。

「たとい、菊間恭四郎が果たしあいに応じたとしても、ひとりで来るとはかぎりませぬよ」

おそらく、大勢の手下を連れてこよう。

「望むところだ」

慎十郎は腰に砥石《といし》をぶらさげ、寝刃《ねたば》を合わせながらでも闘うつもりでいる。

「相手が何人であろうと、負けはせぬ」

咲は、きゅっと口を結んだ。

自分には祈ることしかできないと、覚悟を決めたのだろう。

しばらくして、慎十郎は一徹から部屋に呼びつけられた。

「何でしょうか」

「まあ、座れ」

「はあ」

命じられるがままに、慎十郎は一徹の横たわる褥の脇に正座する。

「これをみよ」

差しだされたのは、血痕《けっこん》の滲《にじ》んだ斬奸状《ざんかんじょう》であった。

「縫之助の着物に縫いつけてあった。息子を斬殺した菊間恭四郎とその罪を隠蔽した父将監への恨み言じゃ。それを読めば、同情を禁じ得なくなる。誰であろうと、土佐の郷士たちが日常から受けておる不当な扱いに憤りを感じざるを得まい。されどな、おぬしには関わりのないことだ」

「何を仰います」

「まあ聞け」

一徹は豁然《かつぜん》と眸子《まなこ》を瞠《みは》り、唐突《とうとつ》に「身を捨ててこそ浮かぶ瀬もあれ」と漏らした。

「かつて、空也《くうや》上人はそう言うた。上人縁《ゆかり》の六波羅《ろくはら》蜜寺《みつじ》の六波羅蜜とは、修行する者が悟りの境地にいたる彼岸のことを言うらしい。貪欲《どんよく》な気持ちを抑えて修行に励み、いかなる辱めを受けようとも怒らず、愚痴を言わず、淡々と堪《た》え忍《しの》ばねばならぬ。それこそが六波羅蜜へたどりつく唯一の道だという、ありがたい教えじゃ。されどな、わしは仏門の徒ではない。今日ほど、上人の教えが糞食《くそく》らえだとおもうたことはない。国分縫之助の無念を晴らさねば、死んでも死にきれぬ」

「よくわかりまする」

「いいや、おぬしにはわかっておらぬ。頭を冷やして、もう一度考えてみるのじゃ。許すべき者と斬るべき者を見極めよ。それができぬかぎり、走ってはならぬ」

慎十郎は、怒りで顔を真っ赤に染めた。

「ならぬと言われても、この気持ちは抑えられませぬ」

一徹は黙り、眸子を細める。

「おぬし、父から教わったことばがあったな」

「捨身《しゃしん》にございますか」

「そうじゃ」

身を捨てて、誰かのために闘う。

父に教わった精神を、慎十郎は心の支えにしていた。

「おぬしの父は、捨身と紙に書いた。その字をみせてくれぬか」

「はい」

いつも懐中に忍ばせている。

丁寧にたたんだ紙を開くと、節くれだった細い字で書かれた「捨身」という言葉が目に飛びこんできた。

「剣によって身を立てたい、誰よりも強くならんと欲し、おぬしは故郷を捨てた。されど、おぬしはいまだ何者にもなっておらぬ」

一徹の言うとおりだ。「捨身」という字が棘《とげ》となり、胸に刺さってくる。

「おぬしはな、有象無象《うぞうむぞう》なのじゃ。しっかりした考えのない者が、斬ってよい相手の見極めがつくとはおもえぬ」

「だから、止めろと仰るのでござるか」

「世の中に理不尽なことは多い。理不尽で世の中はできあがっていると言うても過言ではなかろう。いちいち怒っていたらきりがない」

「きりがないから、我慢せよと」

「ああ、我慢しろ。だいいち、国分縫之助はわしの友じゃ。おぬしに関わりはない。すべて、わしに任せておけ」

「そうはまいらぬ」

慎十郎は昂然《こうぜん》と立ちあがり、ものも言わずに部屋を去った。

九

漆黒《しっこく》の闇が揺らめき、誘いかけているかのようだ。
頭の欠けた馬頭観音《ばとうかんのん》だけが、月光に照らされている。
――うおおん。
采女ヶ原には、山狗《やまいぬ》の遠吠《とおぼ》えが響いていた。
智里の息遣いも荒い。
草叢《くさむら》は風にざわめき、帯となって揺れている。
開けた場所にあらわれたのは夜盗ではなく、鉢巻きに襷掛《たすきが》けをした侍たちだ。
予想どおり、菊間恭四郎は大勢の手下を連れてきた。
三十は越えていよう。
すべて土佐藩の者たちで、しかも士学館の門弟でもある。
慎十郎は帯に大小を差し、肩には川端で拾った櫂《かい》を担いできた。
「ここで待っておれ。最後に引導をわたすのは、おぬしだ」
智里を灌木《かんぼく》の陰に隠し、ひとりで月光のもとへ踏みだす。

「来たぞ、毬谷が来たぞ」

手下どもは叫び、十重《とえ》二十重《はたえ》に取りかこんだ。

慎十郎は胸を張り、堂々と輪のなかへ進みでる。

恭四郎が正面に立ち、勝ち誇ったように笑った。

「毬谷よ、来てやったぞ」

「雑魚《ざこ》どもを引きつれおって。ひとりでは勝つ自信がないのか」

「ふん、その手には乗らぬ。野良犬一匹、始末するのは造作もないが、わしは無駄なことが嫌いでな」

「ならば、何故やってきたのだ」

「おぬしをなぶり殺しにするのも一興ゆえさ。ここにおる連中は血に飢えておる。夜な夜な獲物《えもの》を探して歩く者もおってな」

「されば、遠慮はせぬ」

慎十郎は櫂を頭上に掲げ、ぶんぶん振りまわす。

手下どもは怯むどころか、へらへら笑った。

負けるはずはないとおもっているからだ。

しかも、酒を呑んでいる者が多かった。酒のせいで気が大きくなり、猛々《たけだけ》しい気持ちを募らせているのだ。

「掛かれい」

恭四郎が叫んだ。

「ぬおおお」

雑魚どもが刀を抜き、雄叫《おたけ》びとともに斬りかかってくる。

木陰に隠れた智里は、おもわず目を瞑《つぶ》った。

いくら慎十郎が強くとも、あれだけの人数を相手に勝てるはずはない。

だが、今は信じるしかなかった。「最後に引導を渡すのは、おぬしだ」という慎十郎のことばを信じ、ひたすら祈りつづけるしかない。

「いやっ」

慎十郎は怒声を発し、櫂を大上段に振りかぶった。

突っこんでくる相手の肩口に、猛然と振りおろす。

――ばきっ。

骨の砕ける音が聞こえた。

ふたり目、三人目と闇雲に斬りかかってくる相手も、すべて櫂の餌食《えじき》になる。

「ふわああ」

それでも、敵は津波のように押しよせてきた。

正面や左右だけでなく、背後からも襲ってくる。

慎十郎は櫂を振りまわし、相手の腰骨を砕いた。

そうかとおもえば、櫂の先端で頬に平手打ちをくれ、その場に昏倒させる。

慎十郎はけっして、ひとつところに留《とど》まっていない。草叢のなかを駆けまわり、敵を引きつけてはひとりずつ倒していく。

倒れた者たちは折りかさなり、そこらじゅうから呻《うめ》き声が聞こえてきた。

無謀にも起ちあがり、二度目の攻撃を仕掛けてくる者もある。

だが、慎十郎のそばには近づくことすらできなかった。

およそ半刻近くも、慎十郎は闘いつづけた。

敵は数を減らし、今や、五人を残すのみとなっている。

そのうちのひとりは菊間恭四郎、あとの四人はいつもいっしょの手下どもだ。

慎十郎の息は荒い。

すでに、手にした櫂は折れていた。

櫂を捨て、五人のもとへ歩みよる。

恭四郎が胸を張った。

「ふん、よくぞここまでたどりついたな。さすが、力自慢なだけのことはある。されど、ここからさきは容易でないぞ。残った四人はいずれも手練、しかも、真剣で人を斬ってきた連中だからな」

「ならば聞こう。国分翔馬を殺めたのは、おぬしらか」

慎十郎の疑念を、恭四郎はあっさりみとめた。

「ふふ、そうじゃ。郷士のくせに、わしらと肩を並べるお役に就きおったからだ」

馬糞を弁当に入れて食わせたり、袋叩きにしたり、どうにかして辞めさせようと仕組んだが、翔馬は意地でも辞めようとしなかった。

「それゆえ、なぶり殺しにしたのよ」

「人でなしめ、よくもそのような非道ができたな」

「郷士は人ではない。塵芥《ちりあくた》も同然だ。そんなやつを、多少剣ができるからというて、殿さまの近くに置いておけるか」

「さようなこと、おぬしが決めることではなかろう」

「決めたのは、わしの父上だ。目障りゆえ、早いところ始末せよとお命じになったのさ」

「父子揃って、とんでもないやつらだな。やっぱり、おぬしらは地獄をみたほうがよい」

「ほざけ。地獄に堕《お》ちるのは、おぬしのほうだ。それっ」

煽られた四人は、一斉に刀を抜いた。

慎十郎もゆっくり刀を抜き、ひとりずつ顔を睨みつけてやる。

不動明王のごとく右脇に構え、徐々に刀身を下げていった。

下半身はどっしり構え、上半身からは力が抜けている。

心も空っぽになった。

風音の微妙な変化すらわかる。

「わが心は明鏡止水《めいきょうしすい》……」

慎十郎は眸子を瞑った。

「いやっ」

敵の気配に眸子を開く。

ひとり目が右斜め前方から、袈裟懸けに斬りつけてきた。

これを一寸の見切りで躱し、瞬時に首筋を断つ。

――ぶしゅっ。

黒い血がほとばしった。

すぐさま、今度は左斜め前方から、ふたり目が飛びこんでくる。

独楽《こま》のように回転し、臍下《せいか》を擦《こす》りつけに斬った。

三人目と四人目はさすがに怯み、容易には掛かってこない。

「いけ、殺《や》れ」

後ろから、恭四郎がけしかけた。

ふたりの手下はぱっと左右に分かれ、同時に斬りつけてくる。

右のひとりを袈裟懸けに斬るや、もうひとりの巨漢が左から大上段に斬りおろしてきた。

刃で十字に受ける。

――がつっ。

火花が散った。

刀身には血が流れている。

あきらかに、慎十郎の膂力《りょりょく》は衰えていた。

巨漢に乗りかかられ、圧倒されてしまう。

「そいっ」

苦しまぎれに、前蹴りを繰りだした。

だが、相手は動かない。
なおも、全身で乗りかかってくる。
慎十郎は絶妙な機を捉《とら》え、ふっと力を抜いた。
「あれっ」
巨漢は前のめりになる。
すかさず、顔面へ柄頭を叩きこんだ。
「ぶへっ」
鼻の骨が折れ、血が滴《したた》る。
振りむいた巨漢の首筋を断ち、ばっと屍骸《しがい》から離れた。
血振りを済ませ、腰にぶらさげた砥石《といし》を取って寝刃を合わせる。
四人斬れば、刃の切れ味は鈍る。そのための用意だった。
「ほほう、よくぞやってくれたな。されど、まだわしが残っておる」
恭四郎は、自信満々に吐きすてる。
自分が勝てるとおもっているのだ。
慎十郎は納刀し、返り血に染まった顔を袖《そで》で拭う。
恭四郎は五間の間合いまで近づき、瞬時に刀を抜いた。

すかさず、慎十郎は笑いあげる。

「ふはは、抜きおったな。おぬし、父親から抜刀術を教わらなんだのか」

「何が言いたい」

「菊間将監は土佐居合の手練と聞いた。息子であるおぬしの筋がよければ、父親が抜刀術の極意を教えてくれたはず。そうでなかったとすれば、おおかた、おぬしは見限られたのであろうよ」

三尺の刀を抜く卍抜けができぬかぎり、土佐居合の免状は与えられぬと聞いた。

「おぬしは、卍抜けが修得できなかった。それゆえ、自分に自信が持てず、つねのように、大勢の手下どもを侍らせるしかなかった。まずは、そんなところであろう」

「うるさい、黙らぬか」

恭四郎は顔色を変え、怒声を張りあげる。

「ふふ、図星のようだな。士学館では群を抜く力量と聞いたが、それは桃井先生がおぬしの父に媚《こ》びて言うたこと。まことのことを申せば、おぬしは弱いのだ」

「その減らず口、ふさいでくれる」

恭四郎は動揺し、力みかえっている。

「ほら、こい」

慎十郎は刀を抜かず、顎をしゃくってみせた。

「ぬおっ」

恭四郎が飛びこんでくる。

「死ね」

初手は大上段からの一撃だ。

慎十郎はこれを、抜き際の一刀で弾《はじ》いた。

「ぬうっ、くそっ」

恭四郎は意地になり、頭から突きこんでくる。

これも難なく躱し、慎十郎はすっと脇胴を抜いた。

「うっ」

浅い一刀に脇腹を裂かれ、恭四郎は身を震わせる。

人に斬られた痛みを、生まれてはじめて知ったのだろう。

「智里どの、智里どの」

慎十郎の呼びかけに応じ、背後の木陰から白装束の智里が飛びだしてきた。

脇目も振らず、風のように駆けよせてくる。

恭四郎は傷口を押さえ、背後を振りむいた。

「夫、国分翔馬の仇」

智里は叫びあげ、駆けながら脇差を抜いた。

「おなごめ」

恭四郎は血走った眸子を剝き、片手持ちで刀を上段に振りあげる。

それよりも一歩早く、智里は突きこんでいった。

――どん。

からだごとぶつかり、もろともに草叢に倒れる。

仰向けになった恭四郎の左胸には、脇差が深々と刺さっていた。

「お見事」

慎十郎は歩みより、智里を助けおこす。

そのからだは、小兎《こうさぎ》のように震えていた。

十

七日後。

慎十郎はこのところ、毎日、和田倉御門へ通っていた。

御門外には、目を血走らせた百姓たちが身構えている。
誰もがみな、老中駕籠を待っているのだ。
「こいつらを出しぬかねばならぬ」
慎十郎のやろうとしているのは、駕籠訴だった。
訴える相手は脇坂安董だ。
ほかの老中には目もくれない。
半町先、上屋敷の正門を睨みつけた。
駕籠訴をやろうとおもいたち、今日で五日目になる。
二度だけ、先頭集団から抜けだし、駕籠の脇に迫った。
だが、安董を乗せた網代《あじろ》駕籠は止まらず、猛速で駆けぬけていった。
「くそっ、追いついてはいたのだ」
脇坂が慎十郎に気づかなかった。
何しろ、野良着を纏った百姓になりきっている。
網代駕籠の内から簾《すだれ》の隙間越しに目を留めても、おそらくは慎十郎と判別できまい。
「もう充分にござります。お止めください」
かたわらから、智里が必死に声を掛けてくる。

慎十郎は笑って応じた。

「案ずるな。つぎはかならず」

国分縫之助は「御老中たちに百姓の惨状をお伝えしたいのだ」と、胸中を吐露した。

慎十郎にとっては、そのことばが遺言《ゆいごん》となった。

遺言を果たすまでは、けっしてあきらめまいぞ。

そうやって胸に誓った以上、止めるわけにはいかなかった。

「されど、何故、駕籠訴にこだわるのですか」

と、咲に問われたことがある。

それは、安董に気概を伝えるためだ。

駕籠訴とは、そういうものである。命懸けで訴えねば、振りむいてなどもらえない。

ただし、老中に訴状を渡すことができれば、その村だけは減免される公算が大きい。

幕政を司る重臣たちが特定の村だけ助けたとなれば、当然のごとく、不公平だと批判が高まる。唯一、批判のあがらぬ方法が駕籠訴なのである。

富籤《とみくじ》に当たるようなものだとおもえば、外れた連中はあきらめもつく。

駕籠訴とは、百姓たちの積もり積もった憤懣《ふんまん》の捌《は》け口《ぐち》でもあるのだ。

慎十郎は百姓の気持ちになりきり、痛切なおもいを伝えたかった。

敢《あ》えてこのような試練を選んだのは、老中である安董に迷惑を掛けたくないからでもある。

上屋敷を訪ね、土佐の小さな村を救ってほしいと直訴したところで、安董が渋面をつくることはわかっていた。やはり、駕籠訴によって当たり籤を引く以外に、国分の遺言を叶える方法はなかった。

それともうひとつ、慎十郎には果たさねばならぬことがある。

一徹に「斬奸状」の写しを託されていた。

斬奸状とは言うまでもなく、悪党奸臣を誅《ちゅう》するための理由が綴られた書状にほかならない。

国分縫之助が菊間将監に宛てて書いたものだ。

斬奸状には将監への恨み言が連綿《れんめん》と記されていたが、一徹はこれにくわえて、将監に悪事不正の疑惑があることを書き添えた。

筋はこうだ。

菊間将監の息子である恭四郎は、馬廻り役に抜擢された郷士の国分翔馬を仲間とともになぶり殺しにした。ただ、翔馬殺しには裏があり、じつは父親の将監が息子に命じて斬殺させたものであったと考えられる。

ただし、証拠はない。

国分縫之助の菩提を弔《とむら》った晩、初老の土佐藩士がひとり丹波道場を訪ねてきた。名は浦尻文吾《うらじりぶんご》、二年前までは藩の目付に就いていたが、今は役を奪われて冷や飯を食わされている。この浦尻こそが翔馬に密命を与え、将監の悪事不正を調べさせていた人物だった。

浦尻によれば、将監には、酒、糀《こうじ》、油などの卸問屋から要求されて、運上金を減じた疑いが掛かっていた。運上金を減じる見返りに報酬を受けとり、私腹を肥やしていたというものだ。

翔馬は浦尻の隠密となり、将監の疑惑を探っていた。それに気づいた将監が秘密の漏洩《ろうえい》を恐れて手を打った。そういう筋書きである。

浦尻の語った内容を、一徹はありのまま書状に記した。

繰りかえすが、悪事不正を裏付ける確乎《かっこ》たる証拠はない。

ただ、将監が国分父子を葬った一連の経緯は、疑いが事実であることを如実に物語っている。

安董が斬奸状と添え状に目を通し、どう判断するかはわからない。

重要なことは、疑念を持たせるということだった。

何としてでも、奸臣を白洲に引きずりださねばならぬ。

それこそが、一徹の信念にほかならなかった。

――どん、どん、どん。

西ノ丸の太鼓櫓から、諸大名の登城を促す太鼓の音色が響いてくる。

「来るぞ、来るぞ」

百姓たちが叫んだ。

龍野藩邸の正門が開き、網代駕籠の担ぎ棒が黒い角を突きだす。

安董を乗せた打揚腰網代が、のっそり全貌《ぜんぼう》をみせた。

無双窓ではなく、簾が下がっている。

腰の部分は淡い緑色の網代で板屋根は黒塗り、黒地の担ぎ棒には金泥《こんでい》で輪違いの家紋が描かれていた。

陸尺は前後三人ずつ、いずれも背丈の揃った屈強な連中だ。

供は二十数名からなり、精鋭で固められている。

みな、袴の裾《すそ》をたくしあげ、帯に挟んでいた。

まるで、大提灯を腰にぶらさげているかのようだ。

「脇を固めよ」

前楯についた組頭の合図で、供人たちは密集陣形をつくった。

岩のごとき堅固なかたまりが、御門までの半町を一気呵成《いっきかせい》に駆けぬけてくる。

それが駆け駕籠であった。

「いざっ、駆けませい」

怒号一声、駕籠が走りだす。

途端に土埃《つちぼこり》が舞いあがり、煙幕となって広がった。

供人たちは沈黙し、掛け声ひとつ発しない。

聞こえてくるのは、野獣のごとき荒い息遣いだけだ。

黒いかたまりは伝奏屋敷の脇を瞬時に通りすぎ、一直線に驀進《ばくしん》してくる。

百姓たちは横一線に並び、突出する瞬間を待った。

駕籠はもうすぐ辰ノ口の東西大路、御門外に横たわる四間幅の往来へ差しかかってくる。そのときが最大の好機であった。

「今度こそ」

慎十郎は叫び、躍りでていく。

先んじる百姓たちを追いこし、併走する百姓には肘打ちをくれた。

すまぬと胸の裡に謝ったが、顧みる余裕はない。

転んだ百姓を飛びこえ、駕籠尻に追いすがる。
ひとりだけ、とんでもなく足の速い百姓がいた。
鹿《しか》かとおもうほど速く、どんどん駕籠に近づいていく。
だが、つぎの瞬間、呆気なくも弾きとばされた。
「うわああ」
防の鎧《よろい》は堅固で分厚い。
弾かれた鹿を避け、慎十郎は先頭に飛びだす。
「待てい」
鬠を飛ばす勢いで駆け、ついに駕籠尻を捉えた。
駕籠脇を走る供人たちが目を剝き、こちらを睨みつける。
慎十郎はどんと供人に肩をぶつけ、駕籠の脇へ身を寄せた。
それでも、駕籠は止まらない。
和田倉御門は目と鼻のさきだ。
ついに、慎十郎は駕籠の先頭へ追いついた。
駆けながら手を伸ばし、前楯の肩を摑む。
「ぬわっ、放せ」

前楯は叫び、激しく横転してしまった。

後ろの何人かも転び、駕籠はようやく止まった。

慎十郎は息を切らし、駕籠の脇へ駆けよる。

片膝を地べたにつき、頭を垂れた。

肩で息をしながらも、呼吸を整える。

簾の内から、安董の声が聞こえてきた。

「訴状を」

簾の隙間から、無骨な腕が差しだされる。

節くれだった指をみつめ、慎十郎は訴状を手渡した。

「名は」

問われて迷わず、堂々と応じる。

「土佐藩元郷士、国分縫之助にござります。どうか、こちらも」

斬奸状と添え状も手渡した。

「ん、何であろうな」

簾の向こうで、安董は斬奸状を開いている。

しばらくして、簾がすっと捲《まく》れあがった。

安董が皺顔を差しだす。

「おぬし、慎十郎ではないか」

「はっ」

「いったい、何をしておる」

「駕籠訴にござります」

「んなことはわかっておる。何のまねかと聞いておるのだ」

「百姓の窮状を訴えるべく、かような手段を選びました」

一瞬の沈黙が重く胸にのしかかる。

「殿、どうか、ご一考を」

「追って沙汰いたす」

安董は凛然《りんぜん》と言いはなち、陸尺たちに駕籠を進めさせた。

慎十郎は地べたに平伏したまま、しばらく動くことができなかった。

十一

二日後、文月二十六日は月待ち、明け方に上る月は三つに分かれて輝き、各々の光には、観音、阿弥陀《あみだ》、勢至《せいし》の三菩薩《ぼさつ》が透けてみえるという。

芝高輪《たかなわ》の砂浜には俄《にわか》造りの掛茶屋が軒をつらね、月待ちの客たちは二階座敷を占有して夜通し酒宴を催す。

慎十郎もそうした掛茶屋の二階に座っていた。

あと四半刻《しはんとき》もすれば、東の空が明け初めてこよう。

かたわらには、咲も座っている。

麟祥院の檀家《だんか》が講をつくり、二階座敷を借り切ったのだ。

通常はつきあいもないので、知らない顔ばかりだった。

「お祖父さまのご様子をみてまいります」

咲はすっと立ちあがる。

慎十郎は酒を舐《な》めながら、窓の外へ目をやった。

海原はまだ薄暗く、寄せては返す白波が閃《ひらめ》いている。

吹きよせる海風は松並木を揺らし、囁くようなざわめきが聞こえてきた。

はたして、菊間将監はやってくるのか。

昨日、一徹は将監に向けて、おのれで書いた果たし状と国分の書いた斬奸状を送りつけた。

待つ。

――本日明け方、居合にて雌雄《しゆう》を決したく候。月の出とともに、芝高輪の砂浜にて

一対一の果たし合い、しかも、居合での勝負を申しこんだのである。

通常であれば、歯牙にも掛けられまい。

相手は土佐二十万石の宿老、藩内随一の剣客としても知られる人物だ。飛ぶ鳥をも落とす勢いと評され、つぎの江戸家老との噂も囁かれている。それだけの重臣が怪しげな誘いに乗るはずはない。

だが、慎十郎の駕籠訴によって、来ざるを得ない情況が仕組まれた。

老中の脇坂安董から土佐藩主の山内豊資《とよすけ》へ、秘かに斬奸状の写しと添え状が渡ったのである。

脇坂にしてみれば、迷惑なはなしであったにちがいない。

ただ、土佐藩内部のこととはいえ、看過し得ない内容だった。

それゆえ、駕籠訴をおこなった領地の百姓からこんなものを預かったと前置きし、家老の豪右衛門を使者に立てて、土佐藩邸を訪ねさせたのだ。

と、そこまでの経緯は、幼馴染みの石動友之進から慎十郎も聞いていた。

老中から斬奸状の写しと添え状を渡された豊資公がどう動いたか、もちろん、そこ

からさきは想像するしかない。将監は御前に呼びだされ、斬奸状の内容について詰問《きつもん》されたことだろう。内容は根も葉もないことと応じつつも、身に降りかかった禍根《かこん》を断とうと考えるはずだ。つまりは、決着をつけにくる。

ただ、ほんとうに来るかどうか、一抹の不安はあった。

それと同時に、来てしまうことへの不安もある。

はたして、一徹は将監に勝つことができるのか。

一徹にとっての「白洲」とは、縄手に広がる砂浜のことにほかならない。

やはり、真剣で闘うこと以外に決着のつけようはなかろう。

そこまではわかる。

ところが、何故か、一徹はみずからに縛りをもうけた。

土佐居合の秘技「卍抜け」で決めてやると、豪語したのだ。

将監のもっとも得意とする技で仕留めるというのである。

「あっ」

砂浜を歩く一徹のすがたをみつけた。

咲がうしろから追いかけていく。

ふたりの行く手、松並木のほうに目を移すと、人影がひとつあらわれた。

「来た」

慎十郎は弾かれたように立ちあがり、急いで部屋から飛びだす。

階段を駆けおりて掛茶屋からも飛びだし、一徹と咲の背中を追いかけた。

空は白々と明け初め、砂浜には点々と足跡がつづいていく。

月の出はもうすぐのはずだが、空全体が霞《かす》みがかっている。

将監は松並木を離れ、悠然と砂浜へ下りてきた。

黒羽織を脱ぎすて、襷掛けをしながら近づいてくる。

腰には大小を差しており、刀の長さが際立っていた。

慎十郎は必死に駆け、どうにか、ふたりに追いつく。

一徹は咲に長い刀を貰い、ひとりだけさきに進んでいった。

そして、およそ十間の間合いで足を止め、将監と対峙する。

「おぬしが丹波一徹か」

疳高《かんだか》い声が発せられた。

「何故、関わりのないおぬしが首を突っこむ。かようなことをして、いったい何の益があるというのだ」

一徹は錆《さ》びた声で応じた。

「益はない。友の霊を慰めたいだけじゃ」

「友とは、国分縫之助のことか」

「ああ、そうじゃ」

「ふん、あやつは死んでも足枷《あしかせ》になるとみえる。されど、今日で仕舞いだ。おぬしを斬れば、わしへの疑念も晴れる。わが殿から、斬奸状の写しをみせられた。それと、おぬしの記した添え状もな。ふん、裏付けのない斬奸状など、負け犬の遠吠えと同じ。根も葉もない偽りだと応じたところ、疑念はみずからの手で晴らすように命じられた。殿はお怒りになり、御老中の脇坂中務大輔さまのお顔を立てよとも仰せになった。驚くべきことに、斬奸状の写しと添え状をわが殿に渡されたのは御老中らしい。おぬしら、何か小細工でもしたのか」

「奸臣《かんしん》を誘うための小細工じゃ」

一対一の尋常な勝負で決着をつける。

一徹の望みは、やはり、それ以外にない。

「将監とやら、わしはな、縄手がおぬしの死に場所にふさわしいとおもうたのじゃ。何故かわかるか。おぬしの悪事不正を裁く白洲になるからよ」

「笑止千万なり」

将監は胸を反らし、大口開けて嗤《わら》いあげる。

——ざばーん。

白波が砕けちった。

一徹は三尺余りの長い刀を腰帯に差す。

将監が眉をひそめた。

「おぬし、三尺の刀を使いこなすつもりか」

「さよう。初手の抜刀技で勝負を決めてみせようぞ」

「まさか、その技とは」

「卍抜けに候」

「ふっ、おもしろい」

将監は嘲笑った。

やはり、無謀かもしれぬと、慎十郎はおもった。

それでも、勝利を祈念すべく、三光の月を探す。

いまだ空の霞《かすみ》は晴れず、月は顔をみせていない。

一徹が居合を選んだのは勝負を長引かせず、相手を一撃で仕留めるためらしかった。

しかも、相手の得手とする「卍抜け」を使う縛りをかけた。みずからの得意技で勝負を決めると煽られたら、相手は舐めてかかるにちがいない。そこが狙い目なのだと、一徹は暢気《のんき》な調子でうそぶいた。

だが、もうひとつ別の理由があるようだった。

口には出さぬが、息子を失った父親への憐憫《れんびん》からだ。

非道を絵に描いたような「狂犬」でも息子は息子、将監にとって恭四郎が討たれたのは痛恨の極みであろう。その気持ちに報いてやるために、一徹は敢えて「卍抜け」の勝負に挑む覚悟を決めた。

頑固なまでのこだわりが首を絞めることになるやもしれぬと、慎十郎はおもった。

なにせ、一徹が「卍抜け」を披露するすがたはみたこともなかったし、できるかどうかも知らされていないのだ。

将監は満々たる自信を漲《みなぎ》らせて言う。

「老い耄れめ、おぬしに勝ち目はないぞ」

一徹は黙然とうなずき、じりっと間合いを詰めた。

足許の不如意な砂浜だけに、足の運びが勝負のきもとなる。

だが、一徹は気にもかけず、滑るように相手の懐中へ飛びこんだ。

目論みどおり、抜き際の初手で勝負は決するにちがいない。

慎十郎も咲も、瞬きもせずに刮目《かつもく》した。
両者は刀を抜かず、低い姿勢のまま迫る。
どちらがさきに抜くか。
鞘の内で勝負が決する居合では、さきに抜いたほうが負けになる公算が大きい。
だが、遅れすぎても相手の餌食になるだけだ。
「ふえっ」
将監が気合いを発し、左手で鞘の鯉口近くを摑む。
ほぼ同時に、一徹も同じ仕種をした。
双方の鞘が胸元まで引きあげられ、三尺の刃が氷柱となって飛びだす。
――斬。
ふたつの影が擦《す》れちがった。
太刀筋は判然としない。
勝敗は決したのか。
――ぶん。
将監は片手で長い刀を掲げ、頭上で旋回《せんかい》させる。
そして、納刀する仕種《しぐさ》をみせた。

一方、一徹はこちらに背中を向けたまま、ぴくりとも動かない。
「ぶはっ」
将監が血を吐き、ゆっくり倒れていった。
「……や、やった」
咲が隣でつぶやいた。
頬は涙で濡《ぬ》れている。
咲にも勝負の行方《ゆくえ》はわからなかったのだ。
一徹は手にした刀を砂浜に刺し、腰をくっと伸ばす。
蓬髪《ほうはつ》が海風に靡《なび》いていた。
砂浜に刺さった刀は、裁かれた罪人の墓標にほかならぬ。
ふと、空を見上げれば、三光の月が燦然《さんぜん》と輝いていた。
掛茶屋の客たちは月を仰ぎ、懸命に祈りを捧げている。
眼下で奸臣がひとり成敗されたことなど、誰ひとり知らない。
頭を垂れた一徹は、亡き友の霊に何を問いかけているのだろうか。
心地よい疲れにとらわれる。
「南無……」

慎十郎も頭を垂れ、短く経を唱えた。

十二

すっかり秋めいた空には、渡り鳥が鳴いている。

智里の胸には、国分縫之助の遺骨が抱かれていた。

「二、三日、江戸見物でもしていけばよかろうに」

一徹のことばに、智里はかぶりを振った。

後ろには、兄の儀助とふたりの若い百姓たちが佇んでいる。

三人の百姓は土佐藩の捕り方に捕縛されたものの、藩主の格別なはからいで解きはなちになった。もちろん、裏には老中である脇坂安董の口添えがあったことは想像に難くない。藩主は領民たちの困窮を知り、年貢の減免を実施すべく、家臣たちに調べをおこなうように命じたという。

皮肉にも、国分の願いは国分の死によって結実した。

智里もそのことをわかっているので、素直には喜べない。

儀助が申し訳なさそうに言った。

「江戸の賑《にぎ》わいが苦手なんでごぜえます。一刻も早く、土佐へ帰《け》えりてえ」

智里たちは今から、途方もない道程を歩いて帰らねばならない。

故郷では村人たちが、固唾《かたず》を呑んで待っていることだろう。

無論、すぐさま年貢が軽減されるかどうかはわからない。

藩主の仕置きが不服ならば、百姓たちは強訴《ごうそ》をするしかあるまい。あるいは住み慣れた村を捨て、何処かへ逃げのびるしかなかろう。だが、逃げのびたところで、其処での暮らしがよいものかどうかは誰もわからない。飢饉は土佐一国のことではなく、日本全国津々浦々におよんでいるのだ。

それでも、胸を張って雄々《おお》しく生きてゆこうとする若者たちの気概が、この国にひと筋の光明をもたらす。

一徹は眸子を細め、遠ざかっていく智里たちをみつめた。

「行ってしもうたわい」

ほっと溜息を吐き、道場へ戻ってくる。

すると、そこへ、ざんばら髪の若造が訪ねてきた。

「おたのみ申す」

背はひょろりと高いが、ふっくらした頬には童子の面影がある。